운경 현대 판타지 장편소설
WISHBOOKS MODERN FANTASY STORY

천마사냥꾼 14

운경 현대 판타지 장편소설

초판 1쇄 찍은 날 | 2018년 8월 17일
초판 1쇄 펴낸 날 | 2018년 8월 24일

지은이 | 운경
펴낸이 | 예경원

기획 | 위시북스
편집책임 | 이규재
편집 | 위시북스

펴낸곳 | 예원북스
등록번호 | 제396-2012-000132호
등록일자 | 2012. 7. 25
KFN | 제1-300호

주소 | 경기도 고양시 일산동구 호수로 646-24 위너스21II빌딩 206A호 (우)10401
전화 | 031-819-9431 팩스 | 031-817-9432
E-mail | yewonbooks@naver.com

ⓒ운경, 2017

ISBN 979-11-89348-95-3 04810
        979-11-6098-441-5 (set)

천마사냥꾼

운경 현대 판타지 장편소설

WISHBOOKS MODERN FANTASY STORY

14

Wish Books

천마사냥꾼

CONTENTS

제50장 고금제일인(2)   7

제51장 긴 시대의 끝   123

제52장 마신강림   171

제53장 마신 레이드   207

제54장 Aftermath(1)   287

제50장
고금제일인(2)

5

연평도는 크게 대연평도와 소연평도라 불리는 두 개의 섬으로 이루어져 있다.

그 면적은 대략 7만 평. 21세기엔 최대 2천여 명의 주민이 살았으며 수차례 대남도발에 시달려야 했다.

23세기인 지금은 무인도가 되어버린 지 오래. 인적이 사라진 망망대해에는 외로운 두 개의 섬만이 존재할 따름이었다. 몇 분 전까지만 해도.

쿠구구구!

잇따른 폭발은 7만 평의 섬을 산산이 쪼개놓았다. 그 영향은 섬의 뿌리라고 할 수 있는 해저 암반에까지 미쳐 섬 전체가 침몰하기 시작했다.

촤아아아!

쪼개지는 대지, 그 틈새로 우악스럽게 들이닥치는 바닷물.

시커먼 해수에 삼켜지는 섬으로부터 두 줄기의 빛살이 치솟았다.

상공으로 솟구치며 연신 충돌하는 그것은 강기를 두른 두 개의 신형. 흑백의 기운이 충돌할 때마다 강렬한 뇌성이 허공을 흔들었다.

'이대로는 소모전만 계속되겠어.'

흑색 수라강기의 격류 속에서 적시운은 생각했다.

[어쩔 수 없네. 일격필살을 노리고서 무리하게 기운을 끌어냈다간 육체에 강한 부담이 가해질 걸세.]

천마의 어조는 전에 없이 진중했다.

[자칫 공격이 실패하거나 빗나간다면 지금의 팽팽한 균형이 깨질 터. 물론 손해 보는 쪽은 자네겠지.]

'쳇.'

[결국 가장 효율적인 것은 이런 식의 소모전일세. 육체에 부담을 최소한만 주면서 야금야금 적의 기력을 갉아먹는 것이지.]

'소모전이라.'

적시운은 쓰게 웃었다. 비록 크다고는 할 수 없지만 섬 하나를 통째로 가라앉혔을 정도인데도 고작 소모전이라니.

'정말 괴물이 되어버린 건지도.'

[흥, 본좌를 처음 만났던 시절에도 자네는 충분히 괴물이었네.]

'그땐 형편없이 약했었잖아?'

[그렇더라도 평범한 이들의 눈에는 그리 보이지 않았을 터. 괴물이너 뭐너 하는 것도 결국은 상대적인 관념에 불과하네.]

'그러려나?'

[무엇보다도, 약한 것보다야 강한 괴물이 되는 편이 낫지 않겠는가?]

평화롭기까지 한 분위기 속에 이루어지는 정신 속 대화.

그 순간 적시운은 상공 1㎞ 높이에서 백진율과 권장지각을 교환하고 있었다.

쾅! 쾅! 쾅! 쾅!

한 방, 한 방의 공격에 산을 쪼갤 위력이 담겨 있다. 주변이 온통 바다이기에 망정이지, 도심 한복판이었다면 복마전이 펼쳐졌으리라.

'다행이라 해야겠지.'

세부 전투에서도 어느 정도 자제를 했었던 적시운이었다.

그러나 지금은 그럴 필요가 없었다. 주변에 미칠 여파를 걱정할 것 없이 마음껏 힘을 펼칠 수 있다는 건 생각보다 좋은 기분이었다.

콰직!

깍지 낀 손으로 백진율을 후려쳐 아래쪽으로 날려 보냈다. 단번에 1㎞를 떨어져 내린 백진율이 거대한 물보라를 만들며 수면에 처박혔다.

적시운은 곧장 그 뒤를 쫓아가 권격을 날렸다. 단번에 물 위로 튀어 오른 백진율도 마주 주먹을 내뻗었다.

콰앙!

충격파로 인해 바닷물이 밀려나며 바다 한복판에 구형의 공간이 만들어졌다.

'젠장.'

적시운은 속으로만 중얼거리며 오른손을 털었다. 그 정도의 파괴력을 내고도 손목이 약간 뻐근한 수준. 만족스럽긴커녕 입맛이 쓴 상황이었다.

'이래선 몇 날 며칠이 가도 끝나지 않겠어.'

[인내하게. 먼저 자제심을 잃는 쪽이 패배하는 걸세.]

'이대로 소모전만 벌이며 놈의 기력이 떨어지길 기다리라고?'

[고루하긴 해도 그게 최선일세. 최소한 크게 한 방을 먹일 만한 틈을 만들 때까진 소모전을 지속해야 하네.]

'그때까지 얼마나 걸릴 것 같은데?'

[사흘? 이레? 열흘? 본좌도 장담하지 못하겠군.]

'……'

[옛 고수들이 열흘 밤낮을 싸웠다거나 수백 초를 겨뤄도 결판이 나지 않았다거나 하는 게 괜히 나온 말이 아니라네.]

적시운의 미간이 절로 일그러졌다.

'그래서는 늦어. 시간이 소모될수록 유리해지는 건 저쪽이라고.'

[수하들을 믿고 버티게. 백진율 역시 자네만큼이나 초조할 걸세.]

정말 그럴까.

적시운은 백진율의 얼굴을 유심히 살폈다. 하지만 그저 조각 같은 무표정만을 유지하고 있을 뿐 초조함이나 불안감은 전혀 느껴지지 않았다. 최소한 심리적 측면에선 적시운보다 빼어나다는 걸 인정할 수밖에 없었다.

[무백이란 놈이 잘 단련시켰구먼. 정신적으로는 가히 완벽한 수준이야.]

'결국 길어질수록 놈이 유리하다는 거네.'

[……]

'놈의 생각에 장단 맞춰줄 마음은 없어.'

적시운이 신형을 반전시켰다. 백진율의 눈에 희미한 이채가 스쳤다. 천마 또한 당황한 듯 어조가 흔들렸다.

[뭘 어쩌려는 건가?]

'계속 이렇게 싸워봤자 녀석이 원하는 대로 끌려가는 거나 다름없잖아.'

파앙!

허공을 박찬 적시운이 동쪽으로 치달았다.

'최소한 흐름이라도 내 쪽으로 끌어와야지.'

[중공군의 틈바구니에서 싸우려는 건가?]

전투의 여파만으로 섬 하나를 가라앉힌 두 사람이다. 중공군 한복판에서 전투를 벌이는 것만으로도 궤멸적인 피해를 입힐 수 있을 터였다.

[하지만 그건 자기 몸을 칼로 찌르는 짓일세.]

같은 식의 타격이 한국군에도 가해질 수 있다. 백진율도 그쯤은 알고 있을 터. 적시운에게 휘둘리기는커녕 한국군을 박살 내려 움직일 게 분명했다.

그리고 병력의 규모를 따졌을 때, 결과적으로 보다 많은 피해를 입는 쪽은 한국일 터였다. 중공군은 대체 병력에 여유가 있는 반면, 한국은 현 병력이 궤멸당할 경우 끝이나 마찬가지였으니.

천마가 그 점을 지적하려 하자 적시운이 선수를 쳤다.

'그쪽이 아니야.'

[아니라고?]

'그래.'

적시운이 방향을 살짝 틀었다. 경기도를 크게 비켜 나가는 북동쪽. 개성 부근, 황강댐이 위치한 방향이었다.

'대체 어떻게?'

엘레노아는 입술을 지그시 깨물었다. 무백노사는 제자리에서 한 걸음도 움직이지 않은 듯했다.

그러나 조금 전, 그녀의 오감은 분명히 노사의 부재를 확인했었다.

그러자마자 등 뒤에서 들려온 목소리.

그녀는 깜짝 놀라 공격을 중단하고 돌아설 수밖에 없었다.

하지만 그곳에도 노사는 없었고, 결과적으로 그녀의 몸에만 부담이 가해졌다.

보아하니 동지들도 비슷한 경험을 한 모양.

'그렇다는 건……!'

답은 하나뿐이었다.

"우리의 감각을 교란시켰어……!"

"핏기도 채 가시지 않은 어린 계집 주제에 제법 머리는 굴러가는 편이로구나."

무백노사가 이죽거렸다.

"너희 같은 잡것들에겐 노부의 전심전력을 다 할 것도 없지. 교심난우(攪心亂偶)는 그리 대단치도 않은 잡기(雜技)에 불과하나 너희 천것들을 처리하기엔 제격이라 할 것이다."

"모두들 저 늙은이에게 현혹되지 않게 조심해요!"

"소용없다, 계집아이야. 너희는 노부의 교심난우를 파훼할 수 없어."

"모두들 보이고 들리는 걸 믿지 말아요. 저 늙은이는 여전히 저 자리에 있어요. 그 사실만 명심하고서 공격하면 돼요!"

"소용없다니까."

노사의 냉소에도 엘레노아는 굴하지 않았다. 그녀는 오감을 일체 배제한 채 노사를 향해 달려들었다.

"다시 한번 연수합격을……!"

서격.

뜨끔한 감각이 허벅지를 스쳤다. 추진력을 잃은 엘레노아가 위태롭게 바닥을 굴렀다.

검을 찔러 넣은 것은 바로 옆에 있던 동료.

"아, 아아아……!"

자신이 누굴 공격했는지 깨닫고는 만면에 당혹감과 공포가 떠올랐다.

"어, 어째서……."

"간단하다. 너에게 노부의 형상을 투영했지. 저 머저리는 네

년을 노부인 줄 알고 공격한 것이고 말이다."

무백노사가 클클거리며 웃었다.

"태어난 순간부터 너희와 함께해 온 감각이다. 그리 간단히 무시할 수 있을 리 없다."

"큭……!"

"지금도 그렇지. 지금 여기 서서 네게 지껄이고 있는 것이 정말 노부일까? 아니면 노부의 형상이 씌워진 네 동료일까?"

엘레노아의 몸이 덜컥 굳었다. 그 말을 듣고 나니 정말 자신이 공격하려던 게 무백노사인지도 알 수가 없게 되었다.

"이렇게 생각할 수도 있지 않겠느냐? 어쩌면 노부는 처음부터 이 자리에 있었던 게 아니라고. 너희들 틈에 낀 채 이 상황을 관조하고 있다고."

"거, 거짓말!"

"그리 여긴다면 한번 베어보려무나."

무백노사가 두 팔을 벌렸다.

"피하지 않으마. 방해하지도 않으마. 강한 확신이 든다면 전력으로 베어보거라."

"……!"

"혹시 아느냐? 정말로 노부가 쓰러지게 될지."

그럴 수도 있다. 하지만 아닐 수도 있다. 그렇게 생각하기 시작하니 아무 행동도 취할 수가 없었다.

자신만만한 노사의 태도가 이를 부채질했다.

덜그렁.

엘레노아의 손에서 흘러내린 검이 바닥을 때렸다. 사실상의 자포자기. 무백노사는 승리감에 도취되어 선언했다.

"처음부터 너희에겐 승산이 없었다."

"그렇지만도 않다오."

쉬릭!

통로 안으로 질풍이 불었다. 무백노사가 움찔하며 황급히 뒤로 물러났다. 아슬아슬한 시간 차로 칼날의 궤적이 스쳐 지나갔다.

쉭! 쉬쉭!

날카로운 파공음이 잇따라 몰아쳤다. 급히 좌우로 몸을 비틀던 무백노사가 기어코 뇌려타곤까지 펼치며 검망을 벗어났다.

"큭!"

절로 얼굴을 붉히는 무백노사. 차분한 음성이 허공에서 들려왔다.

"위대하신 천무맹의 아버지께서 이런 잡다한 사술이나 사용하시다니. 의외로구려."

"네놈들은……!"

"아!"

엘레노아의 표정이 밝아졌다.

"장로님들……!"

왜소한 체구의 노인들이었다. 무기의 종류는 각양각색. 다만 각각의 칼날엔 하나같이 보일 듯 말 듯한 희미한 기운이 어려 있었다.

얼핏 약한 수준의 기운처럼 보이는 그것은, 그러나 분명한 검강이었다.

"순천자가 길러낸 번견(番犬)들이로군!"

뿌드득 이를 가는 무백노사. 반면 천마신교의 장로들은 침착한 모습이었다.

"서로 늙은 처지에 그리 괄시하지는 마셨으면 좋겠구려."

"물론 노사께서 저희보다야 훨씬 어른이시겠지만요."

"닥쳐라! 천것들 주제에 친근한 척 말을 섞으려 들지 마라."

표독스러운 반응에 장로들은 빙긋 웃었다.

"그분이 말씀해 주신 것과 다른 게 없군. 덕분에 안심했소이다."

청룡도를 쥔 노인이 기쁜 듯이 말했다.

"그래야 죽이는 보람도 있을 테니 말이오."

"건방진!"

무백노사가 포효를 뱉었으나 막상 장로들을 공격해 들어가진 못했다. 그들이 갈무리한 실력이 어느 정도인지 가늠할 수 있었기 때문이다.

천마신교는 기나긴 세월을 쫓기고 사냥당해 왔다. 무백노사가 주도해 온 천무맹의 탄압은 실로 무자비해, 신교를 구성하는 교도들의 평균 나이대가 30대를 겨우 넘어서는 수준이었다.

그리고 이들 장로들은 대체로 6, 70대의 노인.

세월의 흐름을 이기지 못해 노화하긴 했으나, 달리 보자면 늙을 때까지 천무맹의 사냥을 버텨왔다는 의미였다.

한마디로 엄청난 수라장을 겪고서도 살아남았다는 뜻.

무백노사로서도 결코 얕잡아볼 수가 없었다.

"자, 어린아이들을 괴롭히는 건 그 정도만 하시고······."

주름 가득한 온화한 얼굴에 차가운 살기가 스쳤다.

"늙은이들끼리 한번 놀아봅시다."

6

"건방진 버러지들!"

무백노사는 다시 한번 교심난우를 펼쳐 보았다. 무형의 교란파가 부채꼴로 방사되어 장로들을 덮쳤다.

그러나 다음 순간, 장로들의 공격은 흔들림 없이 노사를 향해 내리꽂혔다.

"빌어먹을!"

무백노사는 쌍장을 떨치는 동시에 뒤로 몸을 뺐다.

그러나 통로가 좁은 탓에 모든 공격을 피해내긴 어려웠다. 기어코 한 자루의 칼날이 어깨를 스치고 지나갔다.

팍!

허공으로 튀어 오르는 핏물. 실로 수 세기 만에 일어난 출혈이었다. 어찌나 경악스러운지 비산하는 핏방울 하나하나가 눈에 박힐 지경이었다.

타격 자체만 보자면 생채기나 다름없었지만 무백노사가 받은 정신적 충격은 치사량에 가까웠다.

"감히, 감히 네놈들이!"

노호성을 뱉는 와중에도 공격은 계속되었다. 무백노사는 피를 토하는 심정으로 팔을 허우적거려 칼날들을 튕겨냈다.

"감히……!"

다시 말을 뱉으려는데 칼날이 쇄도해 왔다. 장로들은 노사에게 한마디조차 허용하지 않으려는 듯 연신 공세를 퍼부었다. 덕분에 노사로서는 미치고 환장할 지경이었다.

"크아아아! 이것들이!"

"너무 우리를 얕잡아 보는 것 아니오? 뭐, 우리로선 고마운 일이지만."

"떠들 여유가 있으시면 어디 한번 죽여나 보시지요?"

"안 그래도 갈가리 찢어발겨 죽일 것이다!"

노호성을 뱉는 노사의 미간으로 칼날이 날아들었다. 앞서 엘레노아와 천마신교도들이 펼치고자 했던 연수합격의 완전판이라 할 수 있는 공격.

무백노사는 이들의 무위가 가히 천무맹 12강에 준한다는 걸 인정해야만 했다. 뼈저린 분노와 함께.

"순천자 그놈이 제법 송곳니를 갈아놓았구나."

간신히 거리를 벌린 노사가 말을 뱉었다. 짧은 공방이었음에도 상당한 부담을 받은 듯 어깨가 위아래로 들썩이고 있었다.

"인정하마. 네놈들의 실력은 보통이 아니다. 상찬도 해주마. 네놈들은 노부를 진심으로 분노케 했다."

"통이 크시네요. 해주시는 김에 목도 내놓으시죠?"

"……지금은 물러가 주마. 하지만 하늘에 맹세코! 반드시 네놈들의 멱을 손수 따줄 것이니라!"

"달아나게 둘 것 같소?"

장로들이 달려들려는 순간 통로 곳곳에서 무색무취의 가스가 뿜어져 나왔다.

"……!"

장로들은 황급히 거리를 벌리는 동시에 권장을 떨쳐 가스를 밀어냈다. 무엇인지는 몰라도 일단은 경계할 필요가 있었던 것이다.

그사이 노사와 그들 사이의 차폐문이 덜컹 닫혔다. 단번에 뚫기엔 버거운 두께. 결국 눈앞에서 노사를 놓친 꼴이 되었다.

"아무래도 이 가스는 수포 작용제 같아요."

"닿았다간 피부가 녹아내리겠군. 일단은 철수합시다."

장로과 엘레노아 일행은 빠르게 통로를 이탈했다. 조금만 더 뚫고 나가면 지휘실이란 게 아쉬웠으나 어쩔 수 없었다.

"정말 독한 작자로군. 자칫하면 자기 쪽으로도 퍼질 수 있는 가스를 살포하다니."

"방독 대책이 있겠지요."

"일단은 다른 길부터 찾아봅시다."

빠르게 계획을 수정한 장로들이 엘레노아와 교도들을 돌아봤다.

"몸은 괜찮으냐? 피가 나는 듯한데."

"저는 괜찮아요. 그보다 대장로님께서……."

"그분이라면 무사하실 거다. 그런 확신이 있기에 너희를 먼저 보내셨겠지."

"이곳을 장악하는 게 대장로님을 돕는 길일 게다. 그러니 힘을 내자꾸나."

"……네."

장로들과 합세한 엘레노아 일행은 또 다른 루트를 통해 지휘실로 향했다.

한편, 복귀한 무백노사는 머리끝까지 열불이 치솟아 있었다.

"좋다. 네놈들이 그렇게 나온다면 노부 또한 수단과 방법을 가리지 않으리라!"

이미 격한 증오와 분노로 인해 이성을 상실하기 직전. 노사는 반쯤 뒤집힌 눈으로 명령을 토했다.

"모든 동력로를 가동하라! 비상 기동으로 저 빌어먹을 기함을 떨쳐 내겠다!"

"그랬다간 아미타불의 이온 엔진에 과부하가 걸릴 수도 있습니다."

"상관없다! 저 망할 것부터 떼어낸 후에 일제 사격으로 격침시킬 것이다!"

이미 삭월의 병력 대다수는 아미타불 내부로 침투한 상황.

하나 분노한 노사는 개의치 않았다. 일단 부수고 보겠다는 심보에 불과했으나, 노사를 제지할 만한 사람은 아무도 없었다.

"어서!"

서슬 퍼런 일갈에 오퍼레이터들이 떨리는 손으로 작동 패널을 만지기 시작했다.

하나 그 순간.

콰과광!

차폐문 중 하나가 종잇장처럼 찌그러지며 터져 나갔다. 화들짝 놀란 무백노사와 승무원들의 고개가 빠르게 돌아갔다.

"어떻게 벌써!"

장로들이 치고 들어왔나 했으나 그건 아니었다.

순천자와 다른 루트를 통해 치고 들어온 천마신교도들이었다.

"천무맹에 죽음을!"

"네놈들에게 죽어간 이들의 원한을 갚을 테다!"

자동화기로 중무장한 천마신교도들이 노호성과 함께 탄환을 쏟아냈다. 지휘실에 배치되어 있던 무사들이 검막을 펼쳐 탄환을 튕겨냈다.

교도들도 그럴 줄 알았다는 듯 무기를 근접 병기로 교체했다.

"하압!"

"죽어라!"

삽시간에 난전이 벌어졌다. 눈먼 검기와 암기, 탄환들이 지휘실 곳곳으로 어지러이 날아다녔다.

"이놈들!"

"닥치고 뒈져, 늙은이!"

분노한 무백노사를 향해 천마신교도 하나가 달려들었다. 머리끝까지 시뻘게진 노사가 벼락처럼 쌍장을 뻗었다.

쾅!

천마신교도는 곤죽이 되어선 튕겨져 나갔다. 입 밖으로 내장이 비어져 나올 정도의 위력. 합금 벽에 처박혀 널브러지는 것은 이미 시체가 된 몸뚱이였다.

"오냐! 죽는 것이 그렇게 소원이라면!"

무백노사가 난전의 한가운데로 뛰어들었다.

"모조리 쳐 죽여주마!"

"돌격! 숨 돌릴 틈도 주지 말고 밀어붙여라!"

"빌어먹을 개자식들을 우리나라에서 몰아내자!"

비행선에서 강하, 급속도로 착지한 동백 연합의 전투원들이 전방을 향해 짓쳐 나갔다. 심장으로부터 우러나온 맹렬한 함성이 의정부 서쪽 시가지를 흔들었다.

전투원들은 별다른 견제도 받지 않은 채 중공군 진영으로 파고들었다.

앞선 포격으로 인해 혼비백산해 있던 중공군은 이를 악물고서 육박전에 임했다. 야전교범대로라면 미리 저격수를 배치해 뒀어야 했다. 그러나 전투의 흐름이 너무나 빨랐던 데다 포격까지 쏟아진 탓에 그럴 수가 없었다.

중공군은 할 수 없이 기간틱 아머 위주의 육박전을 펼치게 되었다. 어느 정도는 강제된 선택이었고, 동백 연합으로선 쾌재를 부를 일이었다.

"깡통 주제에!"

길드에 소속된 이능력자들이 마음껏 힘을 발산했다. 염동력과 고주파가 결합된 특수 파장 앞에서 기간틱 아머의 내장 부품들이 오작동을 일으켰다.

비틀거리던 강철의 갑주는 이윽고 측면의 아군을 향해 전기톱을 휘둘렀다.

콰지지직!

미친 듯이 튀어 오르는 불똥. 자기들끼리 뒤엉킨 그 위로 중세시대에서 튀어 나온 듯한 갑주가 떨어져 내렸다.

"하압!"

콰드득!

기본 중량만 500㎏에 달하는 기간틱 아머가 인간에게 짓눌려 찌부러졌다. 갑주를 입은 기사가 중력 강화 이능력자이기에 가능한 일이었다.

"견딜 수 없는 고통을 견디고 이상을 위하여 목숨을 바치는 것! 그게 바로 진정한 기사의 의무! 보았나, 악아. 안 봤다면 눈까리 단디 뜨고 보아라!"

"돈키호테 놀이는 나중에나 하시죠, 김계진 길드장님!"

"거 대사 칠 때는 좀!"

투덜거린 중장갑 기사가 족히 2미터는 됨직한 장창을 들어 올렸다. 종잇장처럼 가벼이 들린 창대는 이내 또 다른 기간틱 아머를 향해 날아갔다.

창날이 타점에 도달하는 순간, 김계진은 창대를 중력 강화 를 걸었다.

카가각!

일순 3톤의 무게가 되어버린 장창은 케이크를 가르듯 합금 장갑을 뚫고 들어갔다.

그 안쪽에 탑승 중인 살점까지 관통된 것은 당연지사. 기우 뚱거리던 기간틱 아머가 검은 연기를 토하며 고꾸라졌다.

"으하하하! 간만에 몸을 푸니 날아갈 것 같구만!"

호탕하게 웃는 김계진의 옆으로 임성욱이 스쳐 지나갔다. 그것을 본 길드장들이 정색하고서 길드원들에게 명령했다.

"지금부터 거리를 벌린다!"

"일단 빠져! 끌려 들어가고 싶지 않으면!"

웃음기 하나 없는 태도로 적진 한가운데로 파고든 그가 체 내의 공력을 단번에 격발시켰다.

"건곤무한(乾坤無限)!"

아직 대성하지는 못한 해동 무맥의 절초 중 하나.

불완전하지만 위력만큼은 임성욱이 알고 있는 기술 중 으뜸이었다.

"파(波)!"

콰앙!

천지를 뒤집을 듯한 강렬한 기운이 터져 나왔다. 임성욱은 그 파괴의 격류를 타고서 사방으로 권장지각을 퍼부었다.

콰광! 콰과과과!

파멸적인 강기 폭풍이 진지의 심장부를 덮쳤다. 서쪽에 배치된 중공군 사단 사령부가 그대로 휩쓸렸다.

갈가리 찢겨 나가는 막사, 양파가 벗겨지듯 후드득 뜯겨 나가는 중장갑 전차의 장갑, 회오리에 빨려 들어가 한없이 허공으로 치솟는 병사들과 기간틱 아머. 그 와중에 대지로부터 휘말려 오르는 갖가지 파편.

그 모든 게 임계점에 이르렀을 때 임성욱이 두 팔을 아래로 내려찍었다.

강기의 토네이도가 사라졌다. 파편의 세례가 대지를 향해 쏟아져 내렸다.

콰과과과!

빨려 올라갔던 것들과 용케 버텼던 것들이 그대로 충돌했다.

총합 수만 톤에 이르는 파편들의 추락으로 의정부 서쪽 시가지가 들썩였다. 어마어마한 양의 흙먼지가 피어올랐다.

용케 회오리를 벗어난 이들에게도 먼지구름이 쇄도했다. 바깥에서 기다리던 동백 연합과 함께.

"다시 공격!"

"이번엔 정말 제대로 쓸어버리자!"

강기 폭풍의 바깥에서 대기하던 동백 연합군이 총공세를 시작했다. 내부부터 궤멸된 중공군이 막아내기엔 너무나 압도적인 공세였다.

"후우우!"

초토화된 공간 한가운데에 서 있던 임성욱이 긴 한숨을 토하며 주저앉았다. 무리하게 힘을 끌어다 쓴 탓이 낯빛은 핏기하나 없이 창백했다.

"괜찮으세요, 임 의원장님?"

먼지구름을 뚫고 들어온 헨리에타가 물었다. 그녀가 보기에도 임성욱의 모습은 위태롭기 그지없었다.

"조금 쉬면…… 괜찮아질 겁니다."

"운기조식이라도 하세요. 제가 지켜드리죠."

"단전 호흡 말씀이지요? 그럼 부탁 좀 드리겠습니다."

가부좌를 튼 임성욱이 깊은 호흡에 들어갔다. 방식 자체는 중국 무술의 운기조식과 거의 동일한 모습. 그를 잠시 바라보던 헨리에타가 이내 주변을 경계했다.

"우리 의장 나리는 좀 어때?"

밀리아와 그렉이 먼지를 헤치며 다가왔다.

"반작용이 컸던 모양이야. 지금은 운기조식 중이셔."

"무리하게 힘을 끌어다 썼을 테니까. 육체에 가해진 부담도 부담이거니와 한계 이상의 기운을 끌어다 쓴 탓에 기혈에도 무리가 갔을 것이다."

"흠, 그러니까 너무 밟아서 엔진이 퍼졌다는 거잖아?"

그렉의 설명에 밀리아가 덧붙였다.

"비슷하다. 그렇기에 진정한 고수들은 이런 모험을 벌이지 않는다더군. 자칫하면 주화입마에 빠질 수도 있으니."

"헤에."

탄성을 뱉은 밀리아가 이내 덧붙였다.

"누가 보면 무공 박사인 줄 알겠네. 제대로 배운 지는 1년도 안 됐으면서."

"……"

7

눈살을 찌푸린 그렉이 입을 닫았다. 밀리아가 해맑게 웃으며 그의 어깨를 손바닥으로 두드렸다.

"에이, 설마 삐친 거 아니지? 겨우 그 정도 농담에 토라질 것 없잖아."

"너와 말해봤자 무의미하다는 걸 깨달았을 뿐이다."

"흐응, 그러시단 말이지?"

"당분간 너와는 대화하지 않겠다."

고개를 홱 돌려 버린 그렉.

"흠, 그럼 우리 헨리에타나 괴롭혀야겠다."

어깨를 으쓱인 밀리아가 헨리에타에게 어깨동무를 했다.

"이제 슬슬 놈들도 내뺄 채비를 하겠지?"

"아직은 몰라. 이곳에 자리 잡은 사단 하나만 처리한 수준이니까. 저들에겐 아직도 군단 규모의 병력이 남아 있어."

"그럼 더 몰아붙여야겠네?"

"그래."

고개를 끄덕인 헨리에타가 조금 뒤에 말을 보탰다.

"아마도 우리 역할은 아니겠지만."

같은 시각.

데몬 오더 길드원들은 북한산을 넘어 의정부의 남쪽으로 빠져나왔다.

"다들 명심해. 언제나 중요한 것은 기본이야. 지금껏 배운 것들을 착실히 떠올린다면 너희를 당해낼 적은 거의 없을 거야."

차수정은 차분한 어조로 길드원들을 독려했다. 그러나 차분하다 하여 격정이 담겨 있지 않은 것은 아니었다.

"몇 개월 전의 일을 떠올려 봐. 백화점에 테러가 발생했고 무고한 시민들이 목숨을 잃었지. 그 원흉은 비극의 책임을 시운 선배에게 덮어씌우려 했고, 나아가 우리의 아지트를 습격해 왔어."

사설륜이 이끄는 흑룡방의 무리. 과천 특구의 요원들은 그들의 무공 앞에서 맥을 추지 못했었다.

"이제는 우리가 고스란히 갚아줄 차례야."

한때의 특무요원이자 현재의 길드원들이 날카로운 눈빛으로 고개를 끄덕였다.

그들을 슥 돌아본 차수정이 몸을 돌렸다.

"가자, 적을 깨부수러."

파바밧!

길드원들은 누가 먼저랄 것 없이 허공을 박차고 내달렸다. 고수들에 비하면야 모자란 점이 많았지만 분명 균형 잡힌 경공이었다.

길드원들을 바라보는 차수정의 곁으로 누군가 다가왔다. 그녀는 시선을 돌리지 않은 채 말했다.

"그동안 수고했어, 현준아."

"제가 뭐 한 게 있나요. 가르치는 거야 그 아가씨들이 다 했지."

적시운 일행이 세부를 오가며 싸우는 동안 백현준은 그 나름대로 과천 특구에서 기나긴 사투를 벌여왔다.

무공에는 무지렁이나 다름없는 길드원들을 데리고 홀로 끙끙거려야 했던 것이다.

그 또한 벼락치기로 무공을 익혔던 만큼 제대로 될 리는 없었다.

비록 적시운이 격체신진술까지 응용해 가며 지식을 심어놓았다지만 그것만으로는 충분치 않았던 것이다.

그래도 진전이 아주 없진 않았다. 악전고투하다 보니 하나둘 요령을 깨닫는 길드원들이 나오기 시작했다.

그 와중에 주작전 무사들이 데몬 오더로 편입되었다. 그녀들의 합류로 인해 길드원들의 무공 수련 또한 급물살을 타기 시작했다. 그렇더라도 여전히 갈 길이 멀었지만.

"그럼 하나만이라도 제대로 가르쳐 둬야겠다고 생각했죠."

지금껏 배운 것도 얼마 없고 남은 시간도 촉박했다.

그렇다면 하나만이라도 독하게 파고들어 완성도를 높이는 편이 나았다.

그리하여 백현준이 택한 것은 경공이었다.

"그 시커면 살수 놈들이 쳐들어왔을 때 뼈저리게 느꼈습니다. 기동력에서 뒤처지면 공격도 수비도 소용없다는 것을요."

"정확한 판단이었어, 잘 가르쳤고."

"선배님들이 타향에서 고생하고 계신대 저 혼자 빈둥거릴 수는 없잖습니까. 게다가……."

"응?"

"저 아가씨들, 저보다도 훨씬 적극적이더라고요. 천무맹이란 집단에 대한 원한이 뼈에 사무친 것 같달까……."

차수정은 씁쓸히 고개를 끄덕였다.

"확실히 그럴 거야."

"예. 뭐, 하여간 그래서 큰 도움이 됐습니다. 아마 이 전투에서도 그럴 테고요."

"그렇겠지."

차수정이 걸음을 떼었다.

"그럼 우리도 슬슬 가 볼까?"

"예, 그간 쌓인 울분을 이 기회에 터뜨려야죠."

두 사람은 단번에 허공을 박차고 돌진하여 대열에 합류했다.

그대로 북쪽으로 치고 올라간 데몬 오더는 중공군 군단의 등허리를 제대로 파고들었다. 안 그래도 동부가 포격당함으로써 병력이 서쪽으로 쏠리던 차. 그 무게중심을 제대로 찔러 들어갔으니 균형이 무너지는 것은 당연한 일이었다.

데몬 오더의 전투 방식은 단순했다. 경공으로 이동하며 이능력으로 공격한다. 길드원 대부분이 특무부 출신인 이능력자인지라 가능한 방식이었다.

애초에 햇병아리 시절부터 그렇게 싸워온 바, 어설프게 무공을 섞으려다 죽도 밥도 안 될 수가 있었다.

그렇다면 차라리 경공만을 섞음으로써 기동성을 보완하고, 가장 익숙한 방식으로 싸우게 하는 편이 효율적일 터.

그러한 백현준의 계산은 완벽하게 적중했다.

콰드드드드!

갖가지 이능력의 대공세 앞에서 중공군 기갑 병력이 추풍낙엽처럼 쓸려 나갔다.

이능력 억제 장치가 있기는 했으나 차수정과 문수아, 백현준 등의 고수들이 신속히 달려들어 파손시켰다.

"이것이 우릴 저버린 대가다!"

문수아는 평소보다도 흥분해 있었다. 그간 억눌러온 분노를 이 전투에 모조리 쏟아부을 기세로 은사를 휘날렸다.

휘리리릭!

몰아치는 은색 궤적 속에서 강철과 인간이 한데 갈려 나갔다.

피와 기름으로 얼룩진 바람이 그녀의 신형을 뒤따랐다.

차수정 역시 압도적인 활약을 보였다. 설하유운공에 더하여 그녀 본인의 이능력인 급속 냉각의 힘까지 펼치니 가까이 다가드는 모든 것이 예외 없이 빙결되었다.

"야, 수동아."

한창 싸우던 백현준이 박수동을 불렀다. 엄폐물 사이에 숨어 있던 박수동이 쪼르르 달려왔다.

"부르셨습까?"

"그래, 넌 어쩌면 이런 때에도 싸우질 않냐."

"싸우고 있었슴다."

"자꾸 거짓말할래? 내가 계속 너만 곁눈질하고 있었구만."

"곁눈질하시는 사이사이에……."

"죽을래?"

"죄송합니다."

키이이잉!

뒷머리를 긁적이는 박수동의 배후로부터 기간틱 아머 한 기가 달려들었다. 박수동을 슬쩍 밀쳐 낸 백현준이 진각을 밟으며 발경을 날렸다.

콰직!

최신형 기간틱 아머가 거짓말처럼 찌그러졌다. 그걸 보고도 박수동은 멍청한 표정만 지을 따름이었다.

"하여간 이 자식은. 목숨 구해줬더니 고맙다는 한마디를 안 해요."

"솔직히 제가 도와드린 게 있는데 이 정도는 해주셔야 하는 거 아닙니까?"

욕설을 한 바가지 퍼부으려던 백현준이 움찔했다. 생각해 보니 무공 시범을 보일 땐 항상 박수동을 표적이나 더미로 써먹었던 것이다.

"너 설마, 아직도 그것 때문에 꿍해 있는 거냐?"

"아닙다. 저는 누구랑 다르게 아량이 넓어서 다 이해합니다."

"그 누구가 누군데?"

"누구겠습니까?"

백현준이 주먹을 불끈 쥐었다. 하필 그 타이밍에 측면에서 기갑 부대가 몰려왔다. 박수동에게 날아갔을지도 모를 주먹은 기간틱 아머의 흉부를 향해 쇄도했다.

"전투 끝나고 이따가 보자."

"수고하십쇼."

건성으로 인사한 박수동이 돌아보지도 않고 냅다 튀었다.

"저쪽이에요!"

엘레노아가 외쳤다.

지휘실로 이어지는 마지막 차폐문을 뚫고 나온 직후. 코너 하나만 돌아가면 그만이었다.

하나 장로들의 표정은 어두웠다. 코너 바깥에까지 풍겨오는 진득한 피 냄새를 감지한 까닭이다.

"서두르자꾸나."

장로들이 섬전처럼 신형을 쏘았다. 엘레노아와 교도들도 최대한 가속하여 뒤를 쫓았다.

"……!"

코너를 돌아선 장로들이 흠칫했다. 지휘실 바깥에까지 육편과 핏물이 넘쳐흘렀던 것이다.

"크크큭. 조금 늦었구나."

무백노사가 비릿하게 웃었다. 피 묻은 병장기로 무장한 천무맹 무사들이 그 앞을 막아서고 있었다. 일반 전력 중에서는 최강이라 할 수 있는 특급 무사들.

"태극군이로군."

한 장로의 혼잣말에 무백노사가 눈을 희번덕거렸다.

"호오, 잘 알고 있구나. 하긴 네놈들이라면 그럴 만도 하지. 목을 비틀고 사지를 뽑아놓아도 끊임없이 쥐새끼들을 침투시켜 온 네놈들이니 말이야."

"태극은 곧 음양의 조화를 나타내는 상징물. 그 무엇보다도 당신네와는 어울리지 않는 징표일 것이오. 당신네 천무맹이야말로 조화와는 가장 거리가 먼 집단 아니오?"

"주둥이 하난 청산유수로군. 한데 말이 많다는 건 그만큼 겁먹었다는 뜻일 테지?"

"……."

"왜, 노부 혼자일 때는 신나서 덤벼들더니 막상 머릿수가 비슷해지니 꼬리를 마는 것이냐?"

장로들은 입술을 지그시 깨물었다. 널브러져 있는 교도들의 모습 앞에선 열불이 치솟았으나 힘의 논리 앞에선 신중할 수밖에 없었다.

무백노사는 느긋하게 고개를 돌렸다. 후방의 대형 모니터에는 익숙한 얼굴이 비치고 있었다. 남궁혁과 전투 중인 순천자였다.

"놈도 슬슬 한계에 다다른 모양이군."

순천자는 처참한 몰골이었다. 얼굴 가죽은 반 이상이 떨어져 나가 기계 안구가 적나라하게 보였고, 찢긴 옷가지 사이로도 스파크를 튀기는 기계장치가 비쳤다.

척 봐도 위험해 보이는 상황. 그러나 상대방인 남궁혁은 약간의 생채기를 제외하면 멀쩡했다.

"대장로님……!"

엘레노아의 음성이 바르르 떨렸다. 무백노사는 그 목소리에 더없는 희열을 느꼈다.

"너희 천것들의 절망 어린 목소리는 언제 들어도 감미롭구나. 덕분에 옛 추억이 떠오르는군."

경악스러운 시선들 속에서 무백노사는 태평히 눈을 감았다.

"그날도 그랬었지. 다른 천것들은 녹림도 버러지들에게 처리하게 했지만 순천자 저 개자식의 가족들만은 노부의 손으로 직접 처단했었지."

"……!"

"긴 세월에 많은 것을 망각했지만 그때의 손맛만큼은 잊을 수가 없구나."

"정신병자!"

엘레노아의 외침에 무백노사는 비릿한 미소를 지었다.

"그래, 그렇게 소리치려무나. 더 절절하게, 더 진심을 담아서!"

"안 되겠소. 칩시다!"

장로들이 바닥을 박찼다. 그와 거의 동시에 천무맹 태극군이 신형을 쏘았다.

무백노사의 광소 어린 외침이 그 뒤를 따랐다.

"너희 모두는 여기서 죽을 것이다!"

[시스템 에러: 32번 관절의 작동이 불가능합니다. 대체 자원이 필요합니다.]

[시스템 에러: 내장 이온 전지의 에너지 유출이 확인됐습니다. 빠른 복구를 권합니다.]

[시스템 에러: 인공 척수의 손상이 심각합니다. 부품 교체가 필요…….]

뇌리에 울리던 기계음이 사라졌다. 거친 노이즈만이 뒤따를 뿐. 그것은 마치 자신을 위한 장송곡처럼만 느껴졌다.

순천자는 보조용 OS를 차단했다.

"……"

채도 감지 기능이 손상된 탓에 시야는 온통 흑백이었다. 그마저도 상태가 좋지 않아 희끄무레한 노이즈가 시야 한편에 가득했다.

적의 위치를 확인한다는 게 사실상 불가능한 상황. 그나마 청각 기관이 무사하다는 것은 다행이었다.

'아니, 오히려 그 반대일지도.'

피식 쓴웃음을 짓는 순천자. 입가의 기계 근육으로 짓는 표정인지라 웃음인지 울음인지 분간도 가지 않았다. 그러한 순천자의 귓가에 나직한 음성이 들려왔다.

"끝장이오, 적이여."

8

"아직 아무것도 끝나지 않았다네."

순천자의 목소리는 기계음과 노이즈로 엉망이었다. 게다가 음량 역시 낮아 초인적인 청력을 지닌 남궁혁조차도 간신히 알아들을 지경이었다.

이미 승패는 갈린 뒤. 순천자는 한쪽 무릎을 세워 간신히 몸을 지탱하고 있을 따름이었다.

남궁혁은 자신의 애병, 복룡(伏龍)을 검집에 넣었다.

"목숨을 끊었다간 무백노사가 노발대발할 테지. 하지만 귀하에 대한 마지막 호의로서, 원한다면 여기서 끝장을 내줄 수도 있소."

기이잉.

눈꺼풀 대용의 세라믹 필름이 기계 안구 위로 껌뻑거렸다.

"호의라……."

"단언컨대 이대로 노사 앞에 끌려간다면 죽음보다 더한 꼴을 당하게 될 거요."

스릉.

남궁혁은 엄지손가락으로 복룡의 고동(古銅)을 살짝 밀었다. 검집에서 비어져 나온 칼날이 시린 빛을 토했다.

"귀하는 개똥밭에서 구르는 게 죽는 것보다 낫다고 했지만…… 노사의 분노를 마주한다면 생각을 바꾸게 될 거요."

"그래서 자네가 그 전에 내 목숨을 끊어주겠다는 건가?"

"그렇소."

"감탄할 만한 아량이로군."

이제는 완연한 기계음임에도 조소가 섞여 있다는 게 느껴지는 대꾸. 그런 냉소 앞에서도 남궁혁은 담담할 따름이었다.

"미안하지만 그 아량을 받아들이긴 어렵겠군."

"그렇다면 이대로 호송하는 수밖에."

"아니, 그러긴 힘들 걸세."

"고철덩이가 다 된 몸뚱이로 맞서겠다는 뜻이오?"

"고철에겐 고철만의 싸움법이 있으니까."

기직. 기기직.

오른팔의 관절이 스파크를 튀기며 움직였다. 미심쩍은 눈으로 바라보던 남궁혁의 눈빛이 순간 가라앉았다.

쩌저적.

순천자가 자신의 가슴팍을 뜯어냈다. 엄밀히 말하면 흉부를 덮은 패널을 열어젖힌 것. 하지만 몇 안 되는 표피가 남아 있던 자리인지라 가슴살이 뜯기는 것처럼 보였다.

정작 남궁혁을 철렁하게 한 것은 그 안의 물건.

[01:22]

"……!"

일견 복잡해 보이는 기계장치 사이로 반짝이는 디지털 디스플레이. 그곳에 떠올라 있는 숫자는 0을 향하여 조금씩 줄어들고 있었다.

그게 의미하는 바는?

생각할 것도 없었다. 남궁혁의 얼굴에 처음으로 격한 감정이 떠올랐다.

"당신, 설마……!"

"예상하지 못했는가? 의외로군. 기계 육체로 펼칠 법한 최후 수단이라면 뻔하다고 생각하네만."

"……!"

"압축 이온 폭탄일세. 전술핵에 비할 바는 아니지만, 아미타불을 날려 버리기엔 충분할 걸세."

"자폭 따위를 하게 내버려 둘 것 같소?"

"그렇네만."

태연하기까지 한 대꾸에 남궁혁의 얼굴이 순간 멍해졌다.

"뭣……?"

"건드릴 테면 건드려 보게. 폭발까지의 시간만 단축시킬 뿐이니."

"큭! 아미타불엔 당신의 수하들도 탑승 중이지 않소!"

"그렇지. 미안한 일이야. 죽은 후엔 다 무의미할 테지만."

"죽음보다는 사는 것이 낫다고 하지 않았는가!"

"거짓말이었네. 이 나이쯤 되면 남는 건 교활함뿐이거든."

디스플레이의 시간은 이제 20초도 채 남지 않았다. 순천자는 실로 기계적인 미소를 지어 보였다. 반도 채 남지 않은 얼굴

가죽으로 인해 그로테스크한 모습이 만들어졌다.

"어쩔 텐가? 자네 또한 휘말려 줄 텐가?"

"빌어먹을!"

남궁혁이 자리를 박차고서 바깥으로 몸을 날렸다. 순천자가 홀로 남은 가운데 디스플레이의 숫자가 0을 향해 내달렸다.

5, 4, 3, 2, 1.

0.

아무 일도 일어나지 않았다. 언제 카운트다운을 했냐는 듯 숫자 또한 사라졌다.

순천자는 피식 웃으며 중얼거렸다.

"그러게 말하지 않았는가. 남는 건 교활함뿐이라고."

개죽음을 당할 생각은 없었으며 앞날이 창창한 젊은이들을 끌어들일 생각은 더더욱 없었다.

어떻게든 살아남아 다음을 도모한다. 그것이 지난 수백 년 동안 순천자를 지탱해 온 하나의 불문율이었다.

'하지만 시간이 많지 않다.'

남궁혁은 머저리가 아니다. 폭발이 일어나지 않은 것을 보자마자 속았다는 걸 깨달을 것이다.

그동안에 다음 계획을 실행해야 했다. 다행히 얼마 떨어지지 않은 곳에 필요한 것이 모두 갖춰져 있었다.

기이잉. 철컥.

순천자는 만신창이가 된 몸으로 기어가다시피 이동했다.

목표는 차폐문 바로 옆, 데이터 입출력용 접속 단자가 있는 지점이었다.

원래는 비밀번호 등을 통해 문을 열고 닫는 입력 장치. 더불어 함선 전용 네트워크에 접속하는 게 가능했다.

"기계 몸뚱이에는……."

순천자는 떨리는 손을 관자놀이로 가져갔다. 가느다란 전선이 뽑혀 나왔다. 그것을 힘겹게 입력 단자에 연결시켰다.

"그에 걸맞은 싸움 방법이 있는 법이지."

콰쾅!

요란스러운 굉음이 터져 나왔다. 극도로 흥분한 남궁혁이 코너를 돌아 날아들었다.

"순천자!"

푹!

검강이 실린 복룡의 칼날이 순천자의 몸을 꿰뚫었다. 축 늘어지는 기계 육체. 그 순간 남궁혁은 이질적인 느낌에 몸서리를 쳤다.

'아까 전과는 다르다.'

똑같은 기계 육체. 그러나 아까 전엔 살아 있는 생명체와 싸운다는 느낌이 강했었다.

지금은 아니었다. 바위나 철판 같은 무정물에 칼을 찔러 넣은 느낌뿐이었다.

"설마……!"

남궁혁은 황급히 전선을 뽑았다. 순천자의 몸뚱이가 벽면을 따라 축 널브러졌다. 간간이 스파크가 튀는 것이 마치 기계식 사후경직 같았다. 그러나 그는 죽지 않았다.

'내가 제대로 본 게 맞다면…….'

남궁혁의 시선이 패널 위의 소형 LED 모니터로 향했다.

이윽고 그의 눈동자가 격하게 흔들렸다.

"……!"

모니터 위로 문장 하나가 선명하게 나타났다.

[내 비장의 한 수를 보여줌세.]

콰득!

"크헉!"

벽에 충돌한 애꾸눈 장로가 검붉은 피를 토했다. 어찌나 세게 부딪쳤는지 특수 합금으로 만들어진 벽면 장갑이 찌그러질 정도였다.

다른 장로들 또한 만신창이. 엘레노아를 비롯한 천마신교도들도 필사적으로 싸웠으나 대부분 탈진 직전이었다.

반면 태극군과 무백노사는 여전히 여유로운 모습. 상처가 아주 없지는 않았으나 심각한 수준은 아니었다.

"이게 끝이더냐? 아까 전의 기세등등한 모습은 다 어디로 갔단 말이냐? 아까처럼 노부를 비웃어 보지 그러느냐?"

"……."

장로들은 들리지 않는다는 태도를 취했다. 무백노사의 이마 위로 불끈 힘줄이 돋았다.

"박살 나는 와중에도 기어코 노부의 속을 긁는구나. 빌어먹을 버러지들."

"버러지라. 거울이라도 보셨소?"

장로 하나가 힘겹게 쏘아붙였다. 무백노사는 잔뜩 일그러진 미소와 함께 손짓을 했다.

파밧!

태극군들이 대번에 짓쳐 들었다. 장로들은 필사적으로 무기를 휘저으며 저항했으나 몸 곳곳에 혈선이 그어지는 걸 어찌지 못했다.

"타앗!"

그새 빈틈을 포착한 엘레노아가 노사의 정수리로 떨어져 내렸다.

그러나 실력의 차이는 완연한 것. 무백노사는 가볍게 상체를 트는 것만으로도 그녀의 단도를 피해냈다.

이어서 그녀의 가슴팍으로 날아드는 쌍장. 가벼이 후린 수준임에도 엘레노아의 신형이 족히 10m를 날아갔다. 문 바깥의 복도를 가르고 날아간 그녀가 벽에 처박혀서는 널브러졌다.

"이제 그만 끝장을 보도록 하자꾸나. 너희를 전채 요리쯤으로 생각했다만 이미 물리기 시작했다. 슬슬 본 요리를 음미해야겠구나."

쿠구구구.

불그스름한 강기가 노사의 손아귀에서 번뜩였다.

화산의 매화권(梅花拳).

그러나 수백 년의 세월이 흐른 지금은 매화빛이라기보다는 선명한 핏빛에 가까웠다.

노사가 최후의 일격을 날리려던 때였다.

-미안하지만 그러게끔 둘 수는 없겠소.

귀 익은 목소리가 지휘실의 메인 스피커를 통해 흘러나왔다. 무백노사의 집중을 단번에 흐트러뜨릴 음성이었다.

"……!"

획 고개를 돌린 노사가 모니터 중 하나를 노려봤다. 식당 칸을 비추는 화면. 그곳에 있어야 할 남궁혁과 순천자가 보이지 않았다.

무백노사는 급히 오퍼레이터를 다그쳤다.

"창궁검왕은 어찌 되었나? 순천자를 어떻게 했다더냐?"

"그, 그것이……."

"왜 제대로 대답하지 못하나!"

"백호전주와의 통신이 끊어졌습니다."

"그게 대체 무슨 소리더냐!"

-남궁혁은 당분간 보기 힘들 것이오. 그 주변의 모든 차폐문을 봉쇄해 놓았으니.

다시금 스피커로부터 튀어나오는 목소리. 무백노사는 눈알이 튀어나올 기세로 일갈했다.

"순천자!"

-그렇소, 사형.

"어디냐! 네놈! 대체 지금 어디에 있는 것이냐!"

-나는 이곳에 있소.

"이곳이라니?!"

-굳이 비유하자면, 사형을 비롯한 이들이 내 배 속에 있는 셈이라 할 수 있겠군.

"그건 또 무슨 헛소리더냐!"

"대장로께서 아미타불의 제어권을 장악하셨다는 뜻이외다."

벽에 처박혔던 장로가 힘겹게 말했다. 음성 반 기침 반의 모기 소리였으나 숨기기 힘든 희열이 담겨 있었다.

"네놈들은 이제 완전히 뭐 됐다는 뜻이기도 하오."

"헛소리!"

강하게 일축한 노사가 오퍼레이터들을 돌아봤다.

"전자 체계를 점검하라! 순천자 놈이 알량한 장난질을 쳐 놓은 게 분명하다!"

"그, 그것이……!"

"조작이 먹히질 않습니다!"

"그게 대체 무슨 소리더냐!"

-무슨 소리냐면 말이오.

우우우웅.

모니터 화면이 모조리 암전됐다. 이윽고 하나로 통합된 화면 위로 순천자의 얼굴이 떠올랐다. 천마신교도들에게 있어서도 낯선, 화산파의 도사이던 시절의 얼굴이었다.

무백노사는 좀처럼 거기서 눈을 떼지 못했다.

"네, 네놈……!"

-내 비장의 수가 먹혀들었다는 뜻이오.

"어, 어떻게!"

-쉬운 일은 아니었소. 대체로 이런 최고위 기함의 경우엔 운영 체계를 보호하는 방화벽 또한 최고 수준이니. 하지만 사형, 그리고 아미타불을 건조한 이들은 큰 실수를 했소.

"실수…… 라고?"

-그렇소. 설계도를 도둑맞았음에도 방화벽의 알고리즘을 수정하지 않은 거지. 설계도에 네트워크 지도까지 포함되어 있었는데도 말이오.

"빌어먹을. 그게 대체 무슨 소리란 말이더냐!"

-지식이 부족하시구려, 사형. 무공도 중요하지만 그 외의 것들에도 신경을 쓰셨어야 했소.

"큭……!"

마치 어린아이를 타이르는 듯한 여유로운 태도. 자신을 도발하려는 얄팍한 수작임을 알면서도 노사로선 넘어갈 수밖에 없었다.

-삭월의 내부 네트워크를 대상으로 수도 없이 연습을 해봤소. 아미타불에도 먹힐지는 반신반의했었지만…… 다행히도 쌍둥이 기함이 내 기대를 배신하지 않았구려.

순천자는 담담한 어조로 선언했다.

-나는 아미타불의 운영 체계를 해킹했소. 이제 이 배는 내 것이오.

[어디로 가는 겐가?]

천마의 물음에 대답이라도 하듯 적시운을 가로막던 구름이 좌우로 흩어졌다.

그 너머로 보이는 것은 초토화된 절벽. 압록강의 지류가 폭포를 이루는 그곳은 한때 황강댐이라 불렸던 폐허였다. 대재앙급 마수 아라크네를 토벌했던 장소.

잠시나마 백진율과 협력했던 곳이기도 했다.

적시운은 속도를 낮췄다. 이로써 황강댐이 그의 목적지임이 분명해졌다.

이제 남은 문제는 하나뿐. 왜 이곳으로 왔느냐 하는 것이었다.

파밧!

속도를 낮춘 적시운을 백진율이 단번에 추월했다. 앞을 가로막고 선 채 애병 염은하를 들이밀었다.

"싸우다 말고 대체 무슨 짓거리냐?"

백진율의 질문에 적시운은 태연히 대답했다.

"당연히 널 죽이기 위한 짓거리지."

9

"……훗."

백진율의 입가에 비웃음이 걸렸다.

"네 생각을 내가 모를 줄 아나?"

"모를 것 같은데. 내가 원체 내면이 복잡한 사람이라."

"이 장소, 너와 내가 처음 만났던 곳이지."

휘이이이.

이제는 초토화되어 댐의 흔적을 찾기가 힘든 장소. 오염된 물로 가득한 저수지 한가운데엔 콘크리트의 산이 불쑥 튀어나와 있었다.

한때 황강댐이라 불렸던 곳. 적시운과 백진율이 아라크네를 토벌했던 장소였다.

"그때 난리가 났던 것은 단순히 아라크네가 강력한 마수이기 때문만이 아니었어."

"……."

"북조선 괴뢰정권이 붕괴되던 당시 미처 회수되지 못한 핵병기들. 아라크네가 그것을 노릴지도 모른다는 가능성 때문에 남한 정부의 발등에 불이 붙었었지. 다시 말하자면……."

백진율의 눈매가 가늘어졌다.

"이 근방 어딘가에 핵탄두가 있다. 네가 노리는 건 아마도 그것일 테지."

"명탐정 납셨군."

"비아냥대기만 할 뿐 부정은 못 하는군. 아닌가?"

적시운은 대답하지 않았다.

"꽤나 시간이 지났으니 핵탄두의 위치를 찾아냈겠군. 그걸

이용해 뭘 할 생각이지? 네 모국 영토에 떨어뜨릴 생각인가?
아니면 내게 날릴 계획인가?"

"……."

"미안하지만 어느 것도 성공할 수 없다. 네 속셈을 내가 읽
어버렸으니."

파앙!

두 사람은 거의 동시에 허공을 차냈다. 백진율은 남쪽으로
향하고자 신형을 쏘았으나 그 전에 달라붙은 적시운이 바닥
을 향해 후려쳤다.

쾅!

제대로 부딪쳤으나 어느 한쪽도 팅겨 나가지 않았다. 백진
율이 그 짧은 순간에 마주 권격을 펼쳐 맞선 것이다.

연신 충격파가 터지는 가운데 두 사람이 공방을 주고받았
다. 허공으로부터 방출된 파동에 저수지의 폐허가 거칠게 진
동했다.

그 와중에 빈틈을 포착한 적시운이 그대로 돌진했다. 단순
한 몸통박치기.

백진율이 팔꿈치로 등허리를 찍어 내렸다. 상당한 충격이
등골을 타고 흘렀으나 적시운은 이를 악물고 밀어붙였다.

쿠웅!

한데 뒤엉킨 두 사람의 신형이 땅속으로 파고들었다. 백진

율이 연신 공세를 퍼부어 떨쳐 내려 했지만 적시운은 찰거머리처럼 달라붙어 떨어지질 않았다.

콰직!

흙더미만 존재하던 공간 끝에 콘크리트 벽이 나타났다. 뒤엉킨 신형이 족히 3m는 될 법한 두꺼운 벽을 간단히 뚫고 들어갔다.

그 안쪽은 텅 빈 공동. 어지간한 스타디움이 들어갈 법한 거대한 공간이 그곳에 있었다.

척 봐도 핵전쟁을 대비한 벙커임을 알 수 있는 모습.

"……!"

백진율의 낯빛이 바뀌었다. 적시운이 세운 계획의 일부라는 것쯤은 묻지 않아도 알 수 있었다.

거칠게 몸을 뒤트니 적시운이 떨어져 나갔다. 찰거머리처럼 달라붙으려 기를 쓰던 이전과는 달라진 반응이었다.

"네놈……!"

"김성렬 중장은 이곳에서 6기의 핵탄두를 발굴했지. 다시 말해 이곳엔 더 이상 핵탄두가 존재하지 않아. 그 말은 곧 네 추측이 틀렸다는 뜻이지."

"틀렸다고?"

"내가 필요로 한 건 핵탄두가 아니라는 거다."

백진율은 의아함을 느꼈다.

그렇다면 그저 적시운은 이 넓은 공간을 필요로 했다는 걸까?

그건 너무 단순한 생각이었다.

'저 능구렁이 같은 놈이 고작 그런 이유로 날 끌어들였을 리는 없다.'

하나 놈의 생각이 쉽게 읽히지 않았다. 어쩌면 그저 자신을 혼란케 하려고 블러핑을 하고 있는 것뿐인지도 몰랐다.

'어찌 되었든 무슨 상관인가.'

백진율은 마음을 다잡았다. 그 어떤 계책과 교란이 있든 간에 자신의 힘을 믿고서 맞서 싸우면 될 일이었다. 그것이야말로 백도무림을 지탱해 온 신념이었기에.

"네 계획 따위는 알 바 아니다. 난 그저 내 힘을 믿고 싸울 따름이니."

"그럴 테지. 잘난 척 정의로운 척은 있는 대로 다 하는 게 네 놈들이니."

"우리에 대해 전부 안다는 듯 지껄이지 마라."

"너희에 대해 누구보다 잘 아는 사람을 알거든. 어쨌든……."

적시운이 무대 위의 사회자처럼 양팔을 벌렸다.

"핵폭탄은 보통 생각하는 것보다도 훨씬 정교하고 복잡한 물건이야. 일반적인 고폭탄처럼 도화선에 불붙인다고 터지는 물건이 아니라는 거지."

"그깟 얘기를 내가 귀 기울여 들어야 하나?"

"듣는다고 손해 볼 것도 없잖아. 시간을 끌수록 유리해지는 건 네 쪽일 텐데."

그건 그랬다. 여기서 발이 묶여 초조해질 쪽은 그가 아닌 적시운. 두 사람의 전력이 제외된다면 유리한 것은 중공군일 것임이 분명했다.

때문에 더욱 의아해지는 것이었다. 지금껏 있는 대로 안달이 나 있던 주제에 이제 와서 시간을 끌려 한다는 것이.

"……그렇게 생각하게끔 만드는 게 네 방식이지. 오히려 지금 누구보다 초조할 사람은 바로 너인데 말이야."

백진율은 웃었다.

"어디, 네 장대한 계획에 대해 더 떠들어 봐라. 그렇게 시간을 끌어봤자 다급해지는 쪽은 너일 테니까."

"딱히 장대할 것까진 없는 얘기야. 중요한 점은, 인류가 개발해 낸 가장 강력한 병기를 점화시키는 건 대단히 복잡한 전산 장치라는 거지."

"그게 뭐 어떻다는 것이냐?"

"21세기 말 무렵에, 너는 아마 모를 테지만 북한군 핵 시설을 해킹을 통해 장악하려는 시도가 있었어. 한국 사이버 사령부의 비밀 임무 중 하나였지."

백진율의 시선이 적시운의 손끝을 좇았다. 시각뿐 아니라

온 신경이 쏠린 상황. 문자 그대로 털끝 하나만 까딱하더라도 튀어 나갈 생각이었다.

"결과적으로 작전은 실패했어. 방화벽을 모조리 깨뜨렸지만 마지막 순간에 예기치 못한 방법에 당했거든."

"기계에 물이라도 끼얹었나 보지?"

"비슷해. 덕분에 한국군은 북한군 핵 시설에 모종의 장치가 있다는 걸 알게 됐지."

"모종의 장치?"

"그래, EMP 발산 장치라는 물건이지. 어찌 보면 자폭이나 다름없는 짓이지만 핵을 빼앗기는 것보단 낫다고 생각했던 모양이야."

백진율의 동공이 살짝 흔들리다가 말았다. 생각만큼 대단한 진실은 아니었던 까닭이다.

"나도 EMP가 뭔지는 안다. 전자기 펄스, 전자기 장치를 모조리 먹통으로 만드는 물건이지. 하지만 사람을, 초인을 죽일 만한 물건은 아냐."

"죽이는 데 도움이 될 수는 있지."

"……"

한 가지 사실을 깨달은 백진율의 손아귀가 가슴팍으로 향했다.

"이걸 노린 거였군."

심장에 이식된 이능력 억제파 발산 장치. 멸망한 러시아와 옛 미국의 방산 기술을 바탕으로 중국이 만들어낸, 방위 기술의 첨단을 달리는 물건이었다.

그 능력은 절대적. 반경 30m 이내라면 S급 이능력자의 힘조차도 상쇄할 정도였다.

S급 이능력자의 능력이 천무맹 12강에도 비견될 정도임을 감안하면 정말 엄청난 기술이었다.

하지만…….

"그래 봐야 결국은 전자 장치지."

"……!"

"넌 소식을 듣지 못했겠지만 부산 쪽에서 이미 한 방 쏠쏠하게 써먹은 모양이더군. 그래서 나도 써먹어야겠다고 생각했지. 근데 그것도 쉬울 것 같진 않더라도. 네 말마따나 네놈은 영악하니까."

한국군 측으로 향하거나 EMP 장치를 불러들이려는 낌새만 보였더라도 백진율은 단번에 알아차렸을 것이다.

그래서 적시운은 이곳을 택했다. 아라크네 섬멸전 이후 발견된 이 벙커를. 6기의 핵탄두가 한국군에 의해 수거되었으나, 나머지 장치들은 멀쩡하게 남은 이 장소를.

"하지만……."

딱딱하게 군은 얼굴로 백진율이 말했다.

"그럴 거라면 굳이 장황하게 설명할 필요는 없었을 텐데? 말로 떠들 것 없이 그냥 작동시켰으면 될 것 아닌가?"

"시간이 좀 걸리는 거라서. 그거 켜는 동안 네가 얌전히 구경해 줄 리는 없잖아?"

"……."

"내가 이걸 작동시킬 낌새만 보였어도 네가 부수려 했겠지. 이런 장치는 대개 섬세한 법이라서."

"하지만 결국은 그게 그거군. 나와 떠드는 동시에 장치를 작동시킬 순 없었을 테니."

"그게 네 패인이지."

적시운이 손가락을 튕겼다. 벽면에 걸린 모니터 중 하나에 불이 들어왔다.

낯선 전경으로 백진율의 시선이 빨려 들어갔다.

척 봐도 복잡하게 생긴 기계장치. 치렁치렁하게 늘어진 USB 선. 그 끝에 연결되어 있는 자그만 무언가. 직방체의 물건이었다. 휴대폰 크기의 PDA. 화면에는 자그만 로딩 바(Loading Bar)가 차오르고 있었다.

"미네르바라고 해. 너희 중국이 만든 만능 기계 비슷한 거지. 뭐, 결국은 미국 걸 베낀 물건에 불과하지만."

"……!"

백진율도 미네르바가 뭔지는 알고 있었다.

하지만 대체 언제 어떻게?

"예전에도 저런 식으로 해킹하는 데 써본 적이 있거든."

"염동력……!"

"들키지 않게 몰래 보내느라 애 좀 썼지."

"대체 언제!"

"다 박살 난 댐 위에서 싸우는 동안."

"그럼 쓸데없는 설명을 지껄여 댄 것은……!"

"네 신경을 끌기 위해서였지. 그러지 않고서야 삼류 악당이나 할 법한 짓을 할 리 없잖아?"

"적시운!"

삑.

화면 안의 로딩 바가 꽉 찼다. 백진율이 급히 신형을 박차려 했으나 적시운이 한발 빨랐다.

"먹어봐라."

우-우-우-웅!

전자기 펄스가 지하 벙커 전체를 휩쓸었다.

"625 특수 구역에서 전자기 펄스가 감지되었습니다."

"625 구역이라면 황강댐 근처의 핵 격납고 말인가?"

"그렇습니다, 장관님."

김성렬이 미간을 찡그렸다. 이제 와 그곳에서 뭔가가 일어났다면 원인은 하나뿐이었다.

"적시운 그 친구로군."

"대응하지 않아도 될는지요?"

"내버려 두게. 괜히 우리가 참견했다간 민폐만 끼칠 수 있네."

"알겠습니다."

김성렬은 시선을 돌려 중앙의 모니터를 바라봤다. 비행형 무인 드론들이 상공에서 찍어 보내는 화면. 전황은 슬슬 정리 국면으로 들어서고 있었다.

-적이 퇴각하기 시작했어요. 추격 섬멸할까요?

"여유가 되겠소, 차수정 부길드장?"

-아직까진 괜찮아요, 장관님.

"그럼 부탁 좀 드리리다. 다섯 개의 기갑 사단이 섬멸 작전에 함께 임할 것이오."

-알겠어요.

"그쪽은 좀 어떻소, 임 의원장?"

-지휘관 대리 임무를 맡은 헨리에타입니다. 임 의원장님은 휴식 중인지라 대신 보고하죠. 의정부시 서쪽 일대의 적은 궤멸되었습니다.

"추격 섬멸은……."

-음, 좀 죄송한 얘기지만 이미 시작했습니다. 아무래도 저희는 정규군이 아닌지라, 죄송합니다.

"아니, 죄송할 게 뭐 있겠소. 오히려 이쪽에서 부탁하고 싶었던 일인 것을."

-다행이네요.

"그래, 임 의원장은 좀 괜찮소?"

-예, 심한 부상은 아니어서 좀 쉬고 나면 괜찮아질 거라 생각합니다.

"그렇군. 알겠소. 그럼 계속 힘내주시구려."

양익 지휘관들과의 대화를 마쳤을 즈음 새로운 통신이 들어왔다.

놀랍게도 천무맹의 기함인 아미타불에서 날아든 것.

그 내용은 더더욱 놀랄 만한 것이었다.

-나는 순천자라고 하오. 한국군 지휘관과 대화할 수 있겠소?

김성렬은 오퍼레이터를 돌아봤다. 오퍼레이터는 김성렬보다도 놀란 얼굴이었다.

"저희 측 방화벽이 간단히……."

-한 번 해본 일이라서 그렇소. 자세한 얘기는 권창수라는 청년에게서 들을 수 있을 거요.

김성렬은 마이크로 입을 가져갔다.

"우선은 소속에 대해서 알 수 있겠소?"

-천마신교.

당당히 대꾸한 순천자가 덧붙였다.

-그쪽에선 데몬 오더라고 불리는 모양이더군.

10

김성렬의 입가에 희미한 웃음이 걸렸다.

"그렇게 불리는 길드가 있긴 하지."

-하면 얘기가 잘 통하겠군. 우리는 현재 천무맹 핵심 함대의 발을 묶어두고 있소.

"연평도에 계신 게 당신들이었구려."

-그렇소. 또한 천마의 후계자가 지금 천무맹주와 교전 중이오.

"그건 파악했소. 보아하니 황강댐 근방인 모양이더군."

-귀측의 상황은 어떻소?

"아직 확답하긴 어렵소만, 승기를 잡았다고 봐도 될 듯하오."

-정말이오?

기계음에 가까운 음성인데도 놀란 감정이 배어 나왔다. 그 사실에 김성렬은 약간의 자부심을 느꼈다.

"중공군 핵심 병력은 현재 북쪽으로 퇴각 중이오. 조금만 밀어붙인다면 38선 너머로 쫓아내는 것도 가능할 거요."

-놀랍다는 것을 솔직히 인정해야겠군.

"당신들이 비행 함대를 묶어두지 않았다면 불가능했을 거요."

김성렬의 말은 사실이었다. 아마 천무맹의 주력 함대가 제때 도착하기만 했어도 전투의 양상은 크게 달라졌으리라.

무엇보다도 한국군의 주력인 포격 부대가 제 힘을 발휘하지 못했을 터. 강제적인 육박전을 겪으며 서서히 전력 고갈을 겪었어야 했을 것이다.

그런 위기의 가능성을 천마신교가 원천 봉쇄해 주었다. 거기에 여러 변수가 겹침으로써 한국군은 예기치 못한 신승을 거둔 것이었다.

-어쨌거나…… 서로 마지막까지 최선을 다했으면 좋겠구려.

"끝나고 나면 한잔합시다."

김성렬의 말에 순천자가 나직이 웃었다.

-그럽시다.

짤막한 통신이 끝났다. 그러자마자 악의로 충만한 욕설이 터져 나왔다.

"빌어먹을 개자식! 감히 내 아미타불을 가지고 무슨 짓을 하는 거냐!"

-사형에게 보여주고 싶었소. 내가 무엇을 할 수 있는지.

짤막한 침묵 뒤로 기계음이 뒤따랐다.

-사형의 아미타불을 가지고 말이오.

"네놈, 순천자!"

-육체를 안드로이드로 변경하며 나는 많은 시도를 했소이다. 사고 보조 OS인 '아테나'를 정신체에 융합시킨 것도 그중 하나였지. 아, 이름을 보면 알 테지만 아테나는 미네르바의 사촌쯤 되는 프로그램이오. 중국 과학 기술성의 도움을 제법 받았지.

"염치도 모르는 도둑놈! 근본도 없는 파락호 같으니!"

-좋을 대로 부르시구려. 중요한 건 그게 아니라, 이 함선을 제어하게 된 내가 할 수 있는 일이니.

"무슨 짓을 할 셈이냐!"

-추측해 보시겠소? 우선은 이게 있겠군.

모니터 위로 새 화면이 떠올랐다. 복도 곳곳에 설치된 폐쇄 회로 화면. 천무맹 무사들이 집결해 있었다.

취이익! 촤아악!

이윽고 벽면의 환기 장치로부터 가스가 뿜어져 나왔다. 기겁한 무사들이 버둥거리다가 하나둘 널브러졌다. 무백노사의 두 눈이 튀어나올 듯 충혈됐다.

"네놈!"

-살상력이 전무한 수면 가스일 뿐이니 걱정 마시구려. 내가 사형처럼 신경가스 따위를 뿌려댈 것 같소?

"크윽!"

-하지만 피치 못할 사정이 생긴다면 또 모르지. 그러니 확실히 경고해 두겠소.

콰앙!

벽면을 부수며 신형 하나가 튀어나왔다. 그게 누구인지 깨달은 무백노사의 얼굴이 눈에 띄게 밝아졌다.

"잘됐군! 때마침 잘 와주었네, 창궁검왕!"

남궁혁은 대꾸하지 않았다. 수십 겹의 합금 차폐문을 뚫고 왔음에도 멀쩡한 모습. 그러나 얼굴에는 패배감이 역력했다.

순천자는 딱히 놀라지 않은 어조였다.

-잘 오셨소, 백호전주. 예상한 시점에 도착하셨군.

"정말로…… 이 함선과 융합한 것인가?"

-보시다시피.

예의 복도 화면이 다시 나타났다. 그것을 확인한 남궁혁의 얼굴이 한층 어두워졌다.

"당했군."

-그대는 훌륭히 싸웠소. 내가 편법을 써야 했을 정도로.

"패자에 대한 위로는 필요 없소. 들어봐야 비참해질 뿐이니 그만하시오."

-그러길 바란다면.

순천자가 입을 다물었다. 무백노사는 경악한 얼굴로 남궁혁을 돌아봤다.

"패배라니. 그게 무슨 헛소리인가? 자네도 노부도 아직 패배하지 않았네!"

"인정하십시오, 노사. 적은 아미타불을 완전히 장악했습니다. 이 이상 싸우는 것은 아군의 피해를 늘리는 짓밖에 되지 않습니다."

"어리석은 소리! 그건 싸워보지 않고는 모르는 걸세!"

"기간틱 아머와 함재기에 이르기까지, 모든 병기가 아미타불의 핵심 OS의 통제를 받습니다. 우리 측 전력의 대부분이 봉쇄당했다는 의미입니다."

"으으음……!"

"더불어 이 함선에는 5천 명이 넘는 승무원과 무사들이 탑승하고 있습니다. 순천자는 손가락 하나, 아니, 가볍게 생각하는 것만으로도 그들 모두를 몰살시킬 수 있겠지요."

"그게 뭐 어떻다는 건가! 자네와 나, 맹주님만 굳건하다면 천무맹은 패배하지 않네!"

"제가 약화되거나 중상을 입었더래도 그렇게 말씀하실 수 있습니까?"

"그건……!"

무백노사의 말문이 막혔다. 흥분한 까닭에 해선 안 될 말까지 뱉어버린 것이다.

"아미타불 안의 5천 명뿐만이 아닙니다. 천무맹에 소속된 이들, 나아가 이 나라를 위해 싸운 모든 이의 목숨은 숭고한 것입니다."

"……."

"물론 저들의 목숨 역시 마찬가지고 말입니다."

주춤해 있던 무백노사의 표정이 대번에 표독스러워졌다.

"천한 것들의 목숨 따위가 무슨!"

"대체 그 천하고 고귀한 것의 기준이 뭐란 말입니까?"

"뻔한 것을 묻는군! 중화의 핏줄은 고귀하며 그 외의 것들은 모조리 천하다! 정통 한족의 맥을 이어받은 자네라면 알 것 아닌가!"

천마신교도들은 물론이요 태극군 또한 멍한 얼굴로 무백노사를 바라봤다. 순천자 역시 일단은 침묵을 지켰다.

"그런 핏줄 따위가 귀천의 기준이라면."

남궁혁의 얼굴에 경멸과 동정이 동시에 스쳤다.

"난 이 혈통을 부정하겠습니다, 사조님."

"혁, 네 이놈!"

무백노사가 그 어느 때와도 비할 수 없는 노호성을 터뜨렸다. 무시무시할 살기와 귀기에 사위가 잠식당하는 것만 같았다.

죽음과 같은 침묵 속에 나직한 기계음이 울렸다.

-그래, 그랬었소. 사형의 핏줄은 분명 남궁가의…… 하지만…… 그렇지만…….

"닥쳐! 그 입 닥쳐라. 버러지 주제에 날 잘 안다는 듯이 지껄이지 마라!"

-사형 역시 방계 존속…… 남궁가로부터 갈라져 나온 혼혈의 후예잖소?

"순천자!"

모니터를 향해 짓쳐 든 무백노사가 대뜸 쌍장을 내질렀다. 벽력같은 폭음과 함께 파편과 스파크가 사방으로 튀었다.

"닥쳐, 닥치란 말이다! 네놈 따위가, 천것 따위가 뭘 안다고!"

분노 속에서 미친 듯이 날뛰는 광인. 노사가 발하는 서슬 퍼런 광기에 모두들 숨을 죽일 수밖에 없었다.

콰광! 콰과과광!

주변의 기계장치가 거의 다 터져 나간 뒤에야 무백노사는 간신히 진정했다. 그쯤 되는 초고수에겐 그리 힘겨운 동작도 아니었을 텐데도 어깨가 거칠게 위아래로 들썩였다.

-그런 짓은…… 무의미하오, 사형.

"빌어먹을!"

무백노사가 두 손을 들어 올렸다. 그러나 차마 튀어나온 스피커를 후려치진 못했다. 순천자의 말마따나 무의미하다는 것을 알기 때문이었다.

"사조님."

남궁혁의 음성에서 안타까움이 배어 나왔다. 그러나 그의 동정심은 노사의 분노를 더욱 부채질할 따름이었다.

"마지막으로 물으마."

반쯤 뒤집힌 눈으로 노사가 물었다.

"노부를 위해, 천무맹을 위해 싸우지 않을 것이냐."

"천무맹을 위해서라면 얼마든지 싸울 것입니다. 하지만 이 건……"

"묻는 말에 제대로 대답해! 싸울 것이냐, 싸우지 않을 것이 냐!"

"……싸우지 않을 것입니다."

착잡한 심경 속에서 남궁혁이 대답했다.

"그렇군."

무백노사가 중얼거렸다. 지금까지의 노기와 감정이 전부 거짓 말이었다는 듯, 차가우면서도 무감각하기 짝이 없는 어조였다.

"업화의 불길이 너희 모두를 덮치리라. 너희 모두는 가장 큰 고통 속에서 죽게 될 것이다."

"……!"

"살갗은 타오르고 골수는 썩을 것이며 오장과 육부는 문드 러질 것이다. 그 모든 고통을 충분히 음미하기 전까지 죽음은 없으리라."

"헛소리 좀 작작해! 정신 나간 늙은이!"

엘레노아가 쏘아붙였지만 노사에게 달려들진 못했다. 노사가 발하는 비인간적인 살의에 얼어붙고 만 것이다.

대체로 다른 이들의 반응도 비슷했다. 무백노사보다도 엄연히 무공 수위가 높은 남궁혁이라 하여 예외는 아니었다.

"하지만 나는 죽지 않을 것이다. 노부는 죽지 않는다."

-그가 도망치려 하오!

"너희 모두의 죽음을 목도하기 전까진!"

무백노사가 전력을 끌어내어 바닥을 향해 쌍장을 떨쳤다.

퍗!

거대한 섬광 뒤로 폭발이 일었다. 초고수의 전력이 담긴 일격인지라 폭발이 함선 바깥까지 튀어나왔다.

쿠구구구구……!

아미타불의 선체가 크게 기울어질 정도.

순천자가 재빨리 방향타를 조정하여 아미타불을 안정시켰다.

-진화 작업에 들어가겠네. 자네들은 속히 사형…… 무백노사의 행방을 뒤쫓게! 그가 달아나게 두어선 안 되네!

"예!"

장로들과 천마신교도들이 급히 신형을 날렸다. 태극군들은 이러지도 저러지도 못한 채 그저 남궁혁을 돌아볼 따름이었다.

"우리도…… 진화 작업을 돕는다."

"그래도 괜찮겠습니까, 백호전주?"

"기함 아미타불은 적군에게 나포되었다. 현 시간부로 전투를 종결하고 천마신교에 협력한다."

"……"

태극군들은 여전히 혼란스러운 얼굴이었다. 그래도 최소한 더 이상은 천마신교도들에게 덤벼들려 하진 않았다.

-일단은 내버려 두게. 저들도 이 상황을 받아들이기가 어려울 걸세.

"그건 나도 마찬가지요."

남궁혁은 일그러진 얼굴을 두 손으로 감쌌다.

"사룡, 사신전, 팔부신중…… 너무나 많은 이가 죽었소. 하지만 그들의 죽음은, 비통한 일인 동시에 가치 있는 죽음이라고 생각했소. 보다 숭고한 사회를 만들기 위한……"

-하지만 그렇지 않았네. 그들은 한 광인의 비뚤어진 이상으로 생겨난 희생양에 불과했네.

남궁혁이 반발하듯 고개를 치켜들었다. 그러나 이내 힘을 잃고는 떨어뜨렸다.

"귀하의 말이 사실일 가능성이 높다는 게 뼈아프군."

-아직 늦지 않았네. 지금이라도 진정한 이상이 무엇인지 생

각해 보게나.

남궁혁은 시선을 돌렸다. 무백노사가 뚫고 간 공간에서 세
찬 바람이 불어와 머리칼을 흔들었다.

"일단은 이 싸움이 끝나고 난 후에……."

"……후."

백진율은 묵은 숨을 토했다. 한순간 온몸을 옭죄었던 긴장
감이 썰물처럼 빠져나가는 기분이었다.

EMP가 그를 덮쳤다. 심장에 이식된 이능력 억제 장치가 작
동을 정지했다.

그것으로 끝. 달라진 것은 딱히 없었다.

애초에 거기 탑재됐다는 것 말고는 심장에 아무 영향도 끼
치지 않는 기계장치. 그런 게 멈춘다고 해서 체내에 큰일이 생
길 리는 없었다.

"고작 이런 게, 네 비장의 수단이란 말인가?"

백진율은 언제 뛰어올랐냐는 듯 바닥에 착지했다. 적시운이
팔짱을 낀 채 그 모습을 바라보고 있었다.

"그래."

"아쉽겠군. 별반 효과를 못 보았으니."

"볼지 못 볼지는 지금부터 알아봐야지."

"고작 장난 같은 이능력이 좀 통하게 되었다고 뭐가 달라질 것 같나?"

"당연하지."

적시운은 일말의 흔들림 없이 대답했다.

"내가 알고 있는 가장 강한 사내를, 그렇게 쓰러뜨렸으니까."

11

[허. 허허허. 허허허허.]

천마가 껄껄 웃었다.

[그 사내가 누군지는 몰라도 실로 근엄하고 위엄 있는 인물임에는 분명하군!]

'그래, 당신 얘기 맞으니까 적당히 하셔.'

[본좌를 향한 자네의 존경심은 날이 갈수록 커져만 가는군.]

'그냥 세다고만 한 거야. 존경이랑은 별개의 문제지.'

[흠, 솔직하지 못하기는.]

적시운은 새어 나오려는 한숨을 애써 참았다. 어쨌거나 지금은 눈앞의 상대에게 신경을 쏟아야 할 때였다.

백진율은 도발적인 태도로 두 팔을 벌렸다.

"좋다. 그리 자신만만하다면 어디 한번 부딪쳐 보시지!"

"이미 시작했는데."

"……!"

적시운의 능력은 염동력. A랭크의 힘은 단순히 물건을 옮기거나 하는 수준을 넘어, 한 지점에 왜곡된 물리력을 가하는 것도 가능했다. 예컨대 혈류를 역행시킨다거나 하는.

"칫!"

백진율은 흠칫 놀라 신형을 뒤로 차냈다. 아음속의 스피드로 인해 요란한 굉음이 뒤를 따랐다. 적시운은 그 모습을 넌지시 보다가 픽 웃었다.

"거짓말이었는데."

"……네놈!"

물러났던 것을 상회하는 스피드로 백진율이 쇄도해 왔다. 적시운은 지금껏 거의 사용하지 않았던 합금검 수라살을 굳게 쥐었다.

우우우웅!

흑색의 수라강기가 수라살의 검신을 휘감았다. 백진율의 애병 염은하도 백색의 빛을 머금으며 불타올랐다.

카앙!

두 강검이 충돌했다. 거대한 충격파가 벙커 안의 공간을 흔들고 비틀었다. 천장으로부터 흙먼지가 우수수 떨어져 내렸다.

적시운은 연쇄 공격에 들어갔다.

"……!"

불길함을 느낀 것은 초인적인 감각 덕택. 백진율은 본능적으로 적시운이 무언가를 한다는 걸 감지했다. 하지만 그게 정확히 무엇인지는 알 수 없었다. 그저 염동력으로 내부를 타격하려 한다는 것만을 알 따름.

'그것을 막아낼 수단은?'

없었다. 선택할 수 있는 답안은 회피 하나뿐.

"귀찮군!"

백진율이 섬전처럼 신형을 틀었다. 조금 전까지 그가 있던 허공의 한 지점에서 소규모의 공간 왜곡이 일어났다. 피하지 않았다면 내장이 뒤틀렸으리라.

회피하는 것부터가 기겁할 만한 일이었으나 백진율은 결코 기뻐할 수 없었다.

"대단하군."

무미건조하게 감탄한 적시운이 내쳐 말했다.

"계속 그렇게 해봐."

"큭!"

상황이 이렇게 되니 말 한마디, 행동 하나가 치명적인 도발이 되어버린다.

백진율은 뇌리를 불사르는 노기를 애써 가라앉히며 적시운을 압박해 들어갔다.

"다음은 대뇌 한복판이다. 대비하는 게 좋을걸."

"닥쳐라!"

백진율이 일갈하며 검격을 떨쳤다. 화산 매화검의 묘리가 고스란히 담겨 있는 걸출한 일격. 가벼이 휘두르는 검격임에도 절초급의 위력을 지니고 있었다.

"하지만 얕아."

적시운이 천마검식을 펼쳐 매화검의 강격을 쳐 냈다. 좀 더 몰아친다면 방어를 뚫을 수 있을지도 모르는 상황. 그러나 백진율은 더 파고드는 대신 물러나는 쪽을 택했다. 무의식중에 염동력을 경계했기 때문이다.

"효과가 슬슬 나타나는 것 같은데?"

"닥쳐라!"

분노 가득한 일갈을 내뱉던 백진율이 돌연 좌측으로 미끄러졌다. 그가 서 있던 위치에 적시운의 염동력이 작렬했다.

"과연 천재는 천재인걸. 보이지도 않고 감지하기도 어려운 기운을 본능만으로 피하다니 말이야."

적시운의 순수한 감탄. 그러나 찬탄의 당사자인 백진율은 조금도 기뻐할 수가 없었다.

자연히 공방의 무게추가 적시운에게 기울어졌다. 두 사람의 무공 수위가 동급임을 감안한다면 그 의미는 무척이나 컸다.

'그때의 싸움과 비슷하다.'

천마를 쓰러뜨렸던 싸움.

그때 무림맹 최정예 무인들이 했던 역할을 지금은 적시운이 홀로 하고 있었다.

더불어 염동력 또한 비교할 수도 없을 만큼 강해진 뒤.

이제 와 돌아보면 당시에 천마가 쓰러뜨린 것은 기적이나 다름없었다.

그게 아니라면…….

'당신, 정말로 그랬던 거야?'

[흠, 무엇 말인가?]

'내게 일부러 당해준 거냐고.'

천마가 빙긋 웃어 보였다.

[이 얘기는 저번에도 했던 걸로 기억하네만.]

'……'

[너무 난해하게 생각할 것 없네. 그때 자네를 해치웠다고 해도 이어지는 후속 병력을 막아낼 순 없었을 걸세.]

분명 모든 사투가 끝나고 난 후 소림의 고승들을 비롯한 무림맹의 핵심 인사들이 나타났었다. 그땐 그저 살았다는 생각 뿐이었지만, 이제 와 돌이켜 보면…….

'나와 그들은 버림패였던 거군. 죽더라도 크게 아쉬울 게 없는.'

[과거의 중원인들은 자네 생각만큼 멍청하지 않다네. 천상계라

거나 태상노군이라거나 하는 얘기를 진지하게 믿지는 않았을 걸세. 그저 좀 신기하고 써먹을 만한 능력을 지닌 놈이라고 생각했겠지.]

'……'

[뭐, 그렇기에 본좌도 자네에게 명운을 걸어본 것이지만 말이야.]

'그랬던 거군.'

[그리 씁쓸해할 것은 없네. 본좌는 이렇게 된 것에 오히려 만족하고 있으니. 게다가……]

졸지에 적시운을 격려하게 된 천마가 말했다.

[지금은 그보다 신경 써야 할 일이 있지 않은가?]

'그랬지.'

적시운이 허공을 박찼다. 동시에 염동력을 최대 출력으로 전개했다.

촤촤촤촥!

보이지 않는 염력의 거미줄이 백진율을 덮쳤다. 지금까지는 체내에 폭탄을 심는 수법이었다면 이번엔 아예 큼직한 그물을 던져 덮치는 식이었다.

"쳇!"

회피할 수 없음을 깨달은 백진율이 근육을 부풀렸다. 육체의 방어력만으로 버티겠다는 의도. 현 상황에서는 최선책이라

할 수 있었다.

빠직. 빠지직!

백진율의 신형 위로 혈선이 그어졌다. A랭크의 염동력이 중형 전차도 양단할 정도임을 감안한다면 인간의 몸으로 전차를 압도하는 내구도를 지녔다는 의미였다.

그렇더라도 처음으로 상처를 입혔다. 실질적인 피해는 미세하더라도 정신적 타격은 상당할 터였다.

그리고 이어지는 수라검강.

염동력의 그물망을 찢고 나온 백진율을 향해 적시운은 있는 힘껏 수라살을 휘둘렀다.

촤악!

백진율의 뒤쪽 공간, 벙커버스터로도 뚫기 어려운 강화벽이 두부처럼 갈라졌다. 백진율은 가까스로 염은하를 치켜들어 방어한 상황. 다만 지금까지와 달리 여유롭지는 못했다.

"물 들어왔을 때 노 저어야지?"

적시운이 연신 공격을 퍼부었다. 하나하나가 절초나 다름없는 검격이 백진율을 목표로 소나기처럼 퍼부어졌다.

카카카카캉!

흑백의 불꽃이 어지러이 얽혔다. 검격의 폭풍우가 몰아치는 사이사이로 염동력이 벼락처럼 번뜩였다. 그럴 때마다 백진율의 신형이 튀겨지는 콩알처럼 사방으로 날뛰었다.

추가적인 회피는 불필요한 체력 소모를 낳는다. 이는 공방의 효율성을 떨어뜨리고, 나아가 체력 및 기력의 소모를 가속화한다.

날카로워진 신경과 뇌에 걸리는 과도한 부하, 그 모든 것이 피로가 되어 육체에 부담을 가한다.

그리하여 완성되는 악순환의 고리.

옛 무림의 전설들처럼 사흘 밤낮을 이어졌어야 할 사투는, 예상보다도 빠르게 종극을 향해 치닫고 있었다. 단 하나의 변수로 인해.

"빌어먹을……!"

빗줄기 같은 공방 속에서 백진율은 이를 갈았다. 불리한 상황이라고 해서 일발역전을 노리는 것은 하수였다. 먹힐 가능성은 낮고 실패했을 경우의 리스크가 너무 컸다.

'하지만……!'

무난하게 흘러간다면 필패. 불리하다는 걸 알면서도 상황을 뒤집을 한 방을 노릴 수밖에 없었다. 그것이 늪에 발을 담그는 행위임을 알면서도.

"울부짖어라, 염은하!"

백진율이 포효했다. 한도를 넘어선 막대한 강기가 염은하의 칼날에 집약됐다.

공격은 무조건 크게.

실패한다면 곧장 전장을 이탈할 생각이었다.

우선은 물러나 이능력 억제 장치를 복구하고 2차전에 임한다는 게 백진율의 계산이었다. 적시운이 간파한 것이기도 했고.

"그러게 둘 줄 알고?"

부우우웅!

마침 수라살의 칼날에도 대량의 강기가 뭉쳐 들었다. 각각의 검강은 족히 10m에 달하는 길이.

그것도 규모를 압축시켜서 그렇지 실제로 파괴력이 전달되는 범위는 그 수십 배에 이를 터였다.

자신의 승부수에 똑같은 승부수로 맞선다. 백진율로선 입맛이 쓴 상황이었으나 이제 와서 무를 수도 없었다. 게다가 그 순간, 사각을 찌르고 들어오는 또 하나의 기습.

"……!"

백진율의 신형이 크게 움찔했다. 아슬아슬하게 염동파를 피했으나 그로 인해 집중이 흐트러졌다.

적시운은 그 틈을 놓치지 않고 쇄도했다. 결과적으로 먼저 공세를 펼치려던 백진율의 계획이 엉망이 됐다.

팟!

흑백의 섬전이 충돌했다.

쿠구구구……!

미세한 진동이 지휘부를 흔들었다. 오퍼레이터와 장교들이 놀란 얼굴로 주변을 두리번거렸다.

"북쪽에서 소규모의 지진파가 감지되었습니다!"

"그 친구일세. 걱정하지 말고 전투에 임하게."

김성렬이 차분히 설명했다. 물론 그 자체만으로는 납득이 될 수 없는 설명. 결국 장교들을 안정시킨 것은 사령관에 대한 신뢰였다.

김성렬은 엄격한 시선으로 전장도를 응시했다.

"추격 섬멸전에 의외의 변수가 더해졌군."

진원지는 예상대로 황강댐 근처. 북한 정부의 옛 핵 시설이 위치한 곳이었다. 개성과는 고작해야 20여 ㎞ 떨어진 장소인 만큼 퇴각 중인 중공군에게 영향을 줄 것임이 분명했다.

김성렬은 확신 어린 태도로 마이크를 집었다.

"전 지휘관에게 전한다. 추가적인 지진이 더 일어날 수 있으니 놀라지 말고 주어진 임무에만 집중하도록."

"무백노사를 발견하지 못했어요. 죄송합니다."

"어쩌면 다른 함선으로 옮겨 탄 것인지도 모르겠습니다."

수색을 마친 엘레노아와 장로들이 보고했다. 선내 스캐닝을 끝낸 순천자도 같은 결론을 도출했다.

-호위함의 함장들을 납득시켜 줄 수 있겠나?

순천자의 요구에 남궁혁은 난색을 표했다.

"그들은 오직 맹주의 명령만을 따르오. 노사의 경우엔 권한을 위임받았기에 지시하는 게 가능했지만, 나는 다르오."

-그렇군.

"게다가…… 아직 나는 마음을 정하지 못했소."

장로들과 교도들의 얼굴에 불안감이 떠올랐다.

"경우에 따라……."

남궁혁은 굳이 적의를 숨기지 않은 채 그들을 돌아봤다.

"당신들과 결판을 내야 할 것이오."

-그 경우라는 것은 물론, 두 사람 간의 전투의 승패일 테지?

"그렇소. 맹주가 패하지 않은 이상 천무맹은 꺾이지 않았기에."

-자네가 따르던 천무맹은 이미 사라졌다고 생각하네만.

남궁혁이 지그시 입술을 깨물었다.

"노사에게 크게 실망하기는 했소만, 아직 천무맹엔 희망이 있다고 생각하오. 맹주께서, 백진율이란 사내가 있는 한은……."

"만약 그 생각이 틀린 거라면요?"

엘레노아의 질문에 남궁혁은 미간을 찌푸렸다.

"내가 싸우기를 보류하기로 한 것에 감사하라, 어린 계집."

"별로 감사하고 싶지는 않군요."

엘레노아가 지지 않고 맞섰다. 일촉즉발의 분위기에 양측이 긴장했으나 남궁혁은 분노하는 대신 물러나는 것을 택했다.

"화풀이할 대상을 찾은 거라면 잘못 고른 거다."

짤막히 경고한 그가 먼 곳으로 걸어갔다.

복잡한 심경의 엘레노아에게 순천자가 말했다.

-그 또한 너만큼이나 혼란스러울 것이란다. 그러니…….

"이해하란 말씀인가요? 우리의 오랜 적을?"

잠시 침묵하던 순천자가 대답했다.

-……그래야만 한다면.

12

"너는 장차 세상의 빛이 될 것이란다."

이제는 어렴풋하게만 기억나는 과거의 한 시점. 수하이기 이전의, 스승이기 이전의 그가 해주었던 말이었다.

"괴력난신(怪力亂神)의 마물들이 세상을 활보하는데도 위정자들은 제 밥그릇을 지키기에만 급급하고 있다. 고통받는 것은 서민들이며 위대한 중화의 정신은 퇴색되고 있다."

"……."

"이 세계, 우리의 세계를 다시 한번 위대하게 만들어야 한다. 이를 이루는 것은 노부가 아닌 네 몫이 될 게다."

눈앞에 아른거리는 주름지고 거친 손. 그가 소년에게 손을 내밀고 있었다.

"노부를 따르겠느냐?"

소년 백진율은 고개를 들었다.

기나긴 세월의 풍파를 고스란히 받은 노회한 얼굴. 전체적으로 말라비틀어진 고목을 연상케 하는 외관이었다.

하나 소년은 개의치 않았다. 소년이 바라보는 것은 피부결 따위가 아니었기에.

그 눈.

기이한 열의와 확신, 신념이 담겨 있는 눈빛.

백진율을 끌어당긴 것은 노인의 눈이었다.

"예."

어린 날의 선택은 소년을 무신으로 만들어 놓았다.

물론 쉬운 길은 아니었다. 단련의 세월과 인고의 시간, 피를 말리는 고통과 영혼을 뒤트는 괴로움이 뒤따라야 했다.

그러나 소년은 이를 악물고 버텼다. 그조차도 어려울 때엔 두 눈을 부릅뜨고서 견뎌냈다.

'그 모든 고난을 인내하게 해준 것은 무엇이었을까.'

재능? 신뢰? 의지? 애정?

백진율은 알 수 없었다. 예전 같았다면 확실한 답을 내놓았을지도 모르지만 지금은 그저 모든 것이 불명확할 따름이었다.

명료한 것은 오로지 하나뿐. 온몸을 옥죄어 오는 고통이었다.

"크…… 아아아!"

백진율은 고통의 비명을 토해냈다. 대체 얼마 만에 느껴보는 아픔인지 기억조차 나지 않았다.

수백 초의 공방 끝에 마침내 깨어진 균형. 적시운의 검격은 백진율의 뱃가죽을 사선으로 갈랐다.

파츠츠츠!

수라강기는 갈라진 상처를 비집고 들어가 체내를 헤집어 놓았다. 체내에까지 호신강기를 둘러놓았음에도 단 일격에 내장이 너덜너덜해졌다.

초인의 영역에 들어선 육체인 만큼 빠르게 재생되기는 했으나 그렇다고 받은 고통까지 무효화되진 않았다.

"끄……!"

눈알이 튀어나올 것 같은 고통. 하지만 아직 끝난 게 아니었다.

쐐액!

두 번째 검격이 쇄도해 왔다. 간신히 정신을 다잡은 백진율이 반격하고자 강기를 끌어올렸다. 그러나 흐름을 탄 적시운의 강기에 필적할 순 없었다.

쾅!

두 번째 유효타가 등허리를 강타했다. 등가죽이 터져 나가며 척추가 드러났다.

백진율은 뇌리가 불타오르는 고통 속에서 전율했다. 적시운은 거기서 그치지 않고 왼손을 뻗어 백진율의 목젖을 움켜쥐었다. 손아귀 위로 수라강기가 넘실거리는 것도 잠시.

콱!

수십 톤의 악력이 손끝에 걸리며 목젖을 비틀어 터뜨렸다.

"끄윽!"

터져 나오는 괴성. 농밀한 기압에 의해 피 안개가 비산했다. 백진율은 적시운의 목을 잡힌 채 실 풀린 인형처럼 너덜거렸다.

그 와중에도 초인적인 회복력은 여전하여 뼈까지 드러났던 등허리는 차츰 재생되고 있었다. 그게 결코 좋은 일이라 할 수는 없었지만.

팟!

적시운의 염동력이 백진율의 체내로 침투했다. 이번엔 피하거나 방어할 여력이 전무한 상황. 오장육부가 터져 나가고 혈류가 역행하는 가운데 백진율의 몸이 연신 움찔거렸다.

이대로 가다간 끝장이다.

본능적 위기감이 백진율의 뇌리를 엄습했다.

"크, 으아아아!"

짐승 같은 포효가 피거품과 함께 터져 나왔다. 그와 함께 실낱같던 이성이 완전히 소멸해 버렸다.

백진율은 상처 입고 망가진 한 마리의 짐승으로 화했다.

꿈틀! 꿈틀!

단전으로부터 뿜어져 나온 막대한 공력이 백진율의 근육결위로 치달았다.

임계점을 넘어선 힘.

육체에 부담을 한없이 주는, 하나 그렇기에 위력만큼은 무시무시했다.

뿌득. 뿌드드득!

힘을 버텨내지 못한 근육이 찢기고 관절이 뒤틀렸다. 그와 동시에 초인적인 회복력으로 인해 부서진 육체가 빠르게 재생됐다.

결과적으로 괴물이 만들어졌다. 자기 파멸적인 힘과 회복력이 미묘한 균형을 이루는, 폭주하는 마수였다.

회광반조.

백진율의 최후가 다가왔음을 적시운은 깨달았다. 지금 이순간에도 무시무시한 속도로 공력이 소모되는 중. 수십 년간

쌓아온 모든 것이 급속도로 무너져 내리고 있었다.

하지만 그렇다고 안심할 순 없었다. 수명마저 포기한 백진율의 힘은 확실히 적시운을 압도하고 있었기에.

"순순히 패배하지는 않겠다는 거지?"

"크아아아!"

짐승처럼 포효한 백진율이 적시운을 향해 쇄도했다. 무술의 법과 식이 완전히 사라져 버린 움직임. 그러나 무엇보다도 빠르면서 강맹했다.

[피하거나 물러서선 안 되네. 흐름을 넘겨줬다간 걷잡을 수 없게 될 수도 있어!]

'나도 알아!'

적시운도 육체의 임계점 이상으로 공력을 끌어올렸다. 상당한 부하가 몸에 걸렸지만 지금으로선 감수할 수밖에 없었다.

쾅! 쾅! 쾅! 쾅!

두 존재가 충돌할 때마다 천지가 요동쳤다. 대지는 종잇장처럼 찢겨 나가고 충격파가 허공을 뒤흔들었다. 흑과 백으로 이루어진 두 줄기의 불길이 사방으로 날뛰며 뒤엉키고 부딪쳤다.

그로 인한 여파는 엉뚱한 곳으로까지 튀었다. 마침 개성 부근에 한창 퇴각 중이던 중공군 병력이 있었던 것이다.

쿠구구구……!

미친 듯이 요동치는 대지. 경악과 공포 속에서도 어쩔 수 없이 후퇴를 이어가던 중공군의 머리 위로 흑백의 불길이 떨어져 내렸다.

쾅!

수만 톤의 TNT를 터뜨린 것 같은 대폭발이 사위를 휩쓸었다. 폭심지에 있던 모든 게 새하얀 빛살 속에서 증발했다. 그 바깥에 있던 것들은 사람과 기계를 불문하고 후폭풍에 휩쓸려 날아갔다.

지상에 강림한 대재앙.

중공군을 뒤쫓던 한국군 병력 역시 일부분 피해를 입었다.

"정지! 정지! 개성 부근의 추격 병력은 당장 해당 지점에서 이탈하라!"

추격군은 부랴부랴 기수를 돌려 남하했다. 중공군 또한 그 뒤를 따라 움직이기 시작했다. 천재지변에 당하느니 투항하는 것이 차라리 낫겠다고 판단한 것이다.

그랬다. 이것은 천재지변. 인간과 인간의 싸움을 아득히 넘어선 그 무엇이었다.

"제 건곤무한으로는 견주는 것조차도 힘들겠군요."

임성욱이 질린 어조로 중얼거렸다. 그와 함께 비행선에 탑승 중인 이들 역시 비슷한 심정이었다.

"우리도 휘말릴 수 있지 않을까요? 좀 더 거리를 벌리는 게……."

"동감입니다, 헨리에타 님. 바로 선단을 퇴각시켜야겠어요."

임성욱의 명령에 동백 연합 선단이 기수를 돌렸다. 그 와중에도 폭염과 뇌성이 연신 터지고 있었다.

전투의 여파는 연평도 부근에까지 전달됐다. 한창 무백노사를 찾아 헤매던 천마신교도들은 불안감에 몸을 떨었다.

-자네에게 한 가지 제안을 하고 싶네만.

남궁혁이 고개를 돌렸다.

"내게 건넨 말이오?"

-자네 아니면 누가 있겠는가?

"……말씀해 보시오."

-보아하니 사형…… 무백노사는 전장 자체를 이탈한 것 같네. 한마디로 현재의 우선적 지휘권은 자네에게 있다는 거지.

"아직 호위함 모두를 수색하시지 않은 것으로 알고 있소만."

-조금 전에 네트워크를 연동시켜 확인해 보았네. 사형은 호위함 내부 어디에도 없다네.

남궁혁은 눈을 가늘게 떴다.

네트워크를 연동시켜 내부 인원을 검색했다?

그렇다면 그 이상도 가능하리라는 뜻이었다.

"하나만 묻겠소. 지금의 당신이라면 나나 다른 이들의 동의 없이도 호위함들을 제어할 수 있을 듯하오만. 그렇지 않소?"

-거짓말하진 않겠네. 그쪽에서 비상 방화벽을 가동시키지 않는다면 가능할 걸세.

"그렇다면 내게 물을 것 없이 바로 제어권을 빼앗으면 될 일 아니었소?"

-나는 자네에게 신뢰를 보여주고 싶었네.

할 수 있었지만 하지 않았다. 오만하게도 들릴 수 있는 말이 었지만 순천자는 그럴 사람이 아니었다. 최소한 남궁혁의 생각에는.

"좋소. 그런 호의를 받고도 보답하지 않는다면 의협의 기치를 내세울 낯이 없겠지."

-고맙군.

"감사는 됐으니 제안에 대해서나 말씀해 보시오."

-사실 제안이라 할 만한 것도 없네. 일단은 함대부터 대륙 연안에 정박시키세나. 계속 이곳에 있다간 자칫 후폭풍에 휘말릴 여지가 있네.

무엇의 후폭풍인지는 물을 것도 없었다.

잠시 고민하던 남궁혁이 고개를 끄덕였다.

"알겠소. 그럽시다."

-그리고 하나만 더.

"무엇이오?"

-만약 백진율이 패배할 경우……:

화악!

남궁혁에게서 강렬한 살기가 흘러나왔다. 다만 순천자를 향한 것이라기보다는 거부감의 표출에 가까웠다.

"그분은 결코, 절대로 패배하지 않을 것이오."

-'결코', '절대'와 같은 표현이 들어간 확신은 대체로 틀리게 마련이지.

"……."

-머리로는 이해할 거라 보니 계속 말하겠네. 그 경우 사형은 극단적인 선택을 하려 들 걸세. 아마 우리뿐 아니라 천무맹과 중국에 있어서도 치명적인.

"물증도 없이 속단하지 마시오."

-속단이 아니라는 건 자네도 알고 있잖은가.

"……."

-그 경우엔 자네가 천무맹을 장악하게나. 우리가 물심양면으로 도와줌세.

"……!"

남궁혁뿐 아니라 가까이 있던 천마신교도들도 놀란 표정을 지었다.

"우리를 말살하는 게 당신들의 목적일 텐데"

-천마신교의 목적은 중화주의의 타파와 천무맹의 멸망이

네. 여기서 말하는 천무맹은 수백 년 전 망령의 방향성 없는 증오에 의해 휘둘리는 집단을 뜻하네.

"……."

-무백노사가 사라지면 천무맹도 사라지네. 이름이 똑같다 하더라도 그 성질은 전혀 다른 집단으로 변할 걸세.

"고작 그 정도로 만족할 수 있겠소? 실로 기나긴 시간을 핍박받아 온 당신들일 텐데."

-그렇다고 똑같은 피로써 갚겠다고 한다면 자네들은 받아들이겠나?

"끝까지 싸우겠지."

-자네는 그래도 좋단 말인가?

"……."

-나는 아닐세. 피의 복수도 강호의 은원도 지긋지긋하네. 이제는 이 원한의 연쇄를 끊을 때가 되었어. 바로 지금, 이 자리에서 말이야.

남궁혁은 흔들리는 눈으로 허공을 응시했다. 실체가 없는 상대이기에 아무 곳이나 바라본 것이었지만 아마도 순천자라면 자신의 눈빛을 보았을 거라고 생각했다.

형식적으로나마 존재하던 적개심은 어느새 사라진 뒤. 본인도 그것을 뒤늦게 깨닫고는 심적으로 동요했다.

-그 반응만 봐도 자네가 내 제안에 솔깃하고 있다는 걸 알겠

군.

"……귀하는 그리 기분 좋은 대화 상대가 아니군."

-칭찬으로 듣겠네.

가볍게 고개를 저은 남궁혁이 한숨을 뱉었다.

"좋소. 귀하의 제안을 심사숙고하리다. 하지만 명심하시오. 맹주가 승리할 경우 그 제안은 아무 쓸모도 없으리라는 것을."

-물론이네. 그 대답만으로도 고마울 따름일세.

"……만약 맹주가 승리한다면 어떻게 할 생각이오?"

미묘한 기계음이 울렸다. 남궁혁은 아마도 순천자가 나직이 웃었으리라고 생각했다.

-그런 일은 결코, 절대로 일어나지 않을 걸세.

13

"크윽. 크으으윽!"

악다문 잇새로 연신 거품 섞인 침이 튄다. 주름지고 벌게진 이마 위로는 힘줄이 툭툭 돋고 충혈된 두 눈은 경련하듯 사방을 훑는다.

허공을 질주하는 무백노사는 인간의 형상을 한 화산 같았다. 당장에라도 터질 것만 같은 모습.

한참 오래전에 방향성을 잃은 분노와 증오는 당장에라도 육체를 부수고 나올 것 같았다.

그 와중 가까스로 이성을 유지시키는 것은 단 하나의 희망 뿐.

"백진율! 나의 맹주, 나의 주군이여!"

자신이 길러낸 최강의 무인, 천마를 넘어선 진정한 고금제일인, 수백 년에 걸친 순천자와의 악연을 종결시킬 자, 중화의 이름 아래 세계의 질서를 회복할 존재.

그리고……

쿠구구구!

미친 듯이 요동치는 대지.

단숨에 서해안에 접어든 노사를 반긴 것은 황야에 만연한 파괴의 흔적이었다. 버려진 지 족히 수십 년은 된 도로와 벌판이 온통 쪼개진 채 뒤흔들렸다. 멀리 먹구름 낀 동쪽에서는 연신 뇌성이 터져 나왔다.

"맹주!"

무백노사는 허공을 박차고서 동쪽으로 치달았다. 다친 아이를 발견한 부모의 심정과 부모에게 달려가는 아이의 심정을 한데 품고서.

쾅!

동쪽에서 섬광이 명멸했다. 상당히 떨어져 있는 거리임에도 피부에 와 닿는 열기와 압력이 실로 위압적이었다.

연신 충돌하는 흑색과 백색의 섬전을 본 무백노사가 탄성을 토했다.

"오오, 오오오……!"

백이 흑을 상대로 우세를 점하고 있었다. 그 각각이 움직이는 형세, 품고 있는 기운만 봐도 누가 흑이고 누가 백인지 알 수 있었다.

뇌리를 잠식하던 분노와 증오가 한순간에 날아갔다. 그 빈자리로 찾아드는 감정은 희열과 우월감.

무백노사는 승리감에 도취되어서 두 팔을 쫙 벌렸다.

"보아라, 세상이여! 지금 바로 이 자리에서 고금제일인이 탄생하리니!"

파삭.

백색 섬전의 안쪽으로부터 무언가가 부서져 나갔다. 광소를 터뜨리려던 무백노사가 순간적으로 멈칫했다.

"뭣……?"

파삭. 파사삭.

흑백의 광체가 부딪칠 때마다 밀어붙이는 쪽은 백. 그러나 불꽃 안쪽의 심지가 부서져 나가는 쪽 역시 백이었다.

반면 흑은 비교적 멀쩡했다. 충돌할 때마다 크게 밀려나는 것 같았지만 실질적으로는 요령껏 피해량을 줄이고 있었다.

내면의 형체 또한 무사한 편이었다. 육안으로 확인하기 힘들어도 기감을 통해 느낄 수 있었다.

"아니, 아니다. 그럴 리가 없다!"

감정은 현실을 부정하나 머릿속 사고회로는 논리적 귀결을 따라 흐른다.

무백노사의 뇌리 한쪽으로부터 자그만 의혹이 자연스럽게 떠올랐다.

'어쩌면 백진율은 폭주하고 있는 게 아닌가?'

"그럴 리가 없다!"

무백노사는 자기 자신을 향해 고함쳤다.

사자후에 가까운 경악성이 들린 것일까. 흑색 불길이 노사를 향해 돌연 쇄도했다.

무저갱의 암흑과도 같은 수라강기.

적시운이었다.

"놈!"

실질적으로 대면하는 것은 이게 처음. 그럼에도 무백노사는 순천자에게 품었던 것 이상의 증오와 적개심이 피어나는 것을 느꼈다.

그 사실에 딱히 놀라지도 않았다. 실질적으로 천무맹 천하에 균열을 만든 것은 저놈이었기에.

순천자를 비롯한 그 누구도 아닌!

"당신 말이 맞아."

나직한 목소리가 노사의 고막을 파고들었다.

"오늘, 여기서 고금제일인이 탄생할 거다."

"적시운—!"

무백노사가 노호성을 터뜨리며 공력을 끌어올렸다.

십이성 공력의 항마무한장(降魔無限掌).

소림 칠십이 절예에서도 수좌를 차지하는 초절정의 장법이었다.

쿠구구구!

황금빛 강기가 노사의 양손에 어렸다. 백진율에 비해서도 크게 뒤처지지는 않는 위력.

뇌를 불사를 수준의 분노와 증오심으로 인해 노사의 육체가 한계를 넘어서고 있었다.

"카아아아!"

백진율 역시 거친 괴성을 토하며 적시운의 배후로부터 급습해 들어갔다. 다만 이지를 상실한 탓에 마구잡이식 돌진이 되어버렸다. 타이밍을 맞춰 합격을 펼쳤다면 배가되었을 위력이 그저 각각의 다른 공격으로 전개되고 만 것이다.

그렇다고 해도 방심할 수준은 아니었다. 적시운은 염동력과 내공을 한껏 끌어올려 두 초인의 공세에 맞섰다.

번쩍!

지상 300m 상공에서 거대한 폭발이 일어났다. 대지를 휩쓰는 후폭풍이 몰아치는 가운데 서로를 향해 짓쳐 들었던 3개의 신형이 서로 다른 방향으로 튕겨져 나갔다.

"크으으……!"

양팔의 통증에 무백노사는 이를 악물었다. 이윽고 눈을 뜬 그의 망막에 비친 광경은 충격 그 자체였다.

"이럴 수가!"

후득. 후드득.

백진율의 두 다리가 추락한 석고상처럼 부서져 나가고 있었다. 폭주한 공력에 의해 가장 큰 타격을 입은 것은, 다름 아닌 본인의 육체였던 것이다.

"그렇다면 놈은?!"

무백노사는 황급히 기감을 총동원해 적시운을 찾았다. 다행히 얼마 떨어지지 않은 곳에 있는 것을 발견할 수 있었다.

적시운이라고 멀쩡하진 않았다. 왼팔이 기묘한 각도로 꺾인 것이 골절된 게 분명했다. 자세히 보니 팔꿈치를 뚫고서 뼈까지 튀어나와 있었다.

하지만 백진율에 비하면 극히 양호한 편. 홀로 합격에 맞섰다는 걸 감안한다면 다치지 않은 것이나 다름없었다. 더군다나 초인의 영역에 다다른 인간임을 감안한다면……!

"네놈!"

무백노사가 다시금 쇄도했다.

이번엔 혼자. 백진율의 몸은 아직 채 재생되지 않은 상태였다. 그것은 적시운의 왼팔도 마찬가지.

"그러니까……."

노사의 돌진을 확인한 적시운은 수라살을 쥔 오른팔에만 공력을 집중시켰다.

"여기서 맥만 해치우면 다 끝난다는 거지?"

"뒈지는 건 노부가 아닌 네놈이다!"

쏜살처럼 쇄도한 무백노사가 쌍장을 떨쳤다.

전심전력이 담긴 항마무한장. 금빛 광채에 휩싸인 장력이 적시운을 집어삼킬 듯 들이쳤다.

파아앗.

단번에 사위를 집어삼키는 빛. 그 안에서 흑색의 불꽃이 번뜩였다.

쾅!

천마검식의 모든 게 담긴 검격이 세상을 갈랐다. 단번에 황금세계를 깨뜨리고 날아간 검강이 무백노사를 덮쳤다.

"크, 으으아아!"

무백노사는 하단전의 공력을 최대치로 끌어냈다. 무리한 펌핑(Pumping)으로 인해 경혈이 터져 나가고 혈맥이 뒤틀렸다. 하나 그런 타격을 감수하지 않는다면 검강에 휩쓸려 몸 전체가 소멸할 터였다.

카가각! 카가가각!

강기의 발톱이 무백노사의 몸을 할퀴며 지나갔다. 검은빛 폭풍은 노사의 양팔을 어깻죽지가 있는 곳까지 모조리 분쇄해 버렸다.

타격은 거기서 그치지 않고 상처를 파고들어 노사의 내장기관을 모조리 헤집어 놓았다.

"크헉! 커, 허어억!"

후폭풍에 휘말린 무백노사가 대지를 향해 곤두박질쳤다. 걸레짝이 된 몸뚱이로 애써 허우적거렸으나 경공을 펼치진 못한 채 그대로 대지에 처박혔다.

"끄아아아아아!"

처박히는 과정에서 왼 무릎과 오른 발목까지 부러졌다. 견갑골이 훤히 드러난 어깻죽지에선 시커먼 핏물이 뚝뚝 떨어졌다.

살아 있는 게 용할 정도의 타격. 만신창이가 된 무백노사는 그저 부르르 전율하며 비명을 토할 따름이었다.

"끈질긴 놈."

적시운이 냉랭히 혀를 찼다. 그래도 조금은 다행이란 생각도 들었다. 저런 개자식이 쉽게 죽어버리면 곤란했으니까.

최대한 고통을 주어야 했다. 그리고 가능하다면 최후를 선사하는 것은 순천자에게 맡기고 싶었다.

[그렇게 여유 부리다간 불의의 일격에 당할 수 있네. 저놈처럼

간교한 것들은 살려두었다간 무슨 짓을 할지 모르네.]

천마의 경고에 적시운도 이내 마음을 바꿨다.

'그래, 당신 말이 맞아.'

이러니저러니 해도 적시운이 떠올린 생각들은 결국 여유에서 나온 것. 그렇게 여유 부리다가 최악의 상황이 만들어진다는 것쯤은 새삼스러운 얘기도 아니었다.

생각해 보면 여기서 끝장내는 게 옳았다. 놈이 무슨 짓을 벌이지 못하게끔, 상황이 더 이상 악화되지 않게끔.

'끝낸다!'

적시운은 곧장 노사를 향해 돌진하려 했다. 그러나 그 순간, 두 다리를 재생시킨 백진율이 등 뒤로부터 치고 들어왔다.

쾅! 콰광! 쾅!

두 사람의 공방이 재개되었다. 앞선 것에 비해 한결 적시운이 유리해진 상황. 그래도 단번에 결판을 낼 만큼 압도적이진 않았다.

"크으, 으으으⋯⋯!"

무백노사는 가까스로 상체를 일으켰다. 찢어진 뱃가죽 사이로 내장이 비어져 나왔다. 두 팔은 소멸했으며 흘린 피는 웅덩이를 이루었다.

그럼에도 의식을 유지하고 있는 것은 격체신진술의 영향. 육체와 정신을 떼어놓을 수 있는 술법으로 인한 효과였다. 애초에 현재의 육체부터가 본인 것이 아니기도 했고.

"허억, 허억……."

하지만 그렇다 해도 한계가 있었다.

육체는 의식을 담는 그릇. 그릇이 깨지면 내용물은 쏟아지고 흩어지게 되어 있었다.

"여, 연락을……."

무백노사는 가까스로 공력을 끌어내어 심장 부근으로 보냈다.

이능력 억제 장치를 이식할 때 함께 달아놓은 장치. 그것을 가동시키기 위함이었다.

삐빅.

일종의 호출 장치였다. 노사가 발산한 신호를 군사위성이 포착하고, 곧바로 대기 중인 인원에게 연락이 닿는 방식이었다.

파바밧!

얼마 지나지 않아 일련의 무리가 나타났다. 최상위 랭크 텔레포터를 비롯한 이능력자들이었다.

"어딜!"

적시운이 염동력을 발했으나 이능력자들이 막아냈다. 텔레포터는 황급히 무백노사를 붙들고서 그와 백진율을 번갈아 보았다.

어디서 그런 기운이 났는지 무백노사가 버럭 소리쳤다.

"어서 이동하라!"

"하지만 맹주께서……!"

"지금 당장! 빨리!"

파밧.

텔레포트가 이루어졌다. 적시운은 혀를 찼지만 당장 뒤를 쫓을 수는 없었다. 백진율과 끝을 보는 게 우선이었기에.

"저들을 봐. 저 늙은이를 보라고. 이용 가치가 떨어지자마자 너를 버리고 달아나는 모습을 보란 말이다."

백진율은 대답하지 않았다. 두 눈을 까뒤집은 채 적시운을 죽이고자 달려들 따름. 하지만 그것도 이젠 얼마 남지 않았다.

쾅!

두 자루의 검, 염은하가 수라살이 충돌했다. 자그만 균열이가 있던 칼날들이 거의 동시에 부서져 나갔다.

그것을 신호로 두 신형이 한데 뒤엉켰다.

초근접 거리에서 펼쳐지는 육박전.

권장지각이 연신 상대를 두드리는 동안 두 사람의 강기가 한데 뒤엉켜 거대한 회오리를 만들어냈다. 이윽고 생겨난 강기의 태풍이 주변 모든 것을 분쇄하며 날뛰었다.

그 한가운데.

태풍의 눈 속에서는 적시운과 백진율이 연신 서로에게 공격을 퍼부었다.

턱을 빠개는 권격, 늑골을 분지르는 무릎치기, 콧등을 부수는 박치기와 손목을 뒤틀어버리는 금나수.

초절정 고수들의 싸움이라기보다는 개싸움에 가까운, 날것 그대로의 원시적인 싸움이었다.

쿠구구구…….

태풍이 서서히 멎기 시작했다. 세상을 멸망시킬 듯 몰아치던 강기의 기류가 거짓말처럼 잦아들었다.

휘이이이…….

바람이 멎었다.

먹구름은 어느새 흩어져 맑게 갠 하늘이 나타났다. 떨어져 내리는 햇살의 일부가 뒤엉켜 있는 두 사람을 비췄다.

싸움의 끝을 알리는 신호였다.

"……."

한 사람이 몸을 일으켰다. 패자를 바라보는 시선에 담겨 있는 것은 승리감이 아닌 허무함과 씁쓸함이었다. 그러나 승리한 것만은 사실. 그랬기에 누군가는 선언할 필요가 있었다.

[축하하네.]

수많은 감정을 담아 천마가 말했다.

[고금제일인이여.]

14

적시운은 피식 쓴웃음을 지었다.

"고금제일인은 당신 아냐?"

[그렇긴 하네만…… 굳이 이런 상황에 초를 칠 필요는 없지 않겠나? 그리고 자네라면 본좌도 안심하고 왕좌를 넘길 수 있다네.]

"왕좌는 무슨."

한숨 쉬듯 중얼거리는 적시운. 아직 완전한 결착이 난 게 아니건만 왠지 맥이 탁 풀리고 말았다.

[하긴 본좌와 어깨를 나란히 한다기엔 아직 좀 부족할지도 모르겠군. 무엇보다 자넨 그 잔기술을 너무 애용한단 말이지.]

"잔기술? 염동력?"

[그렇다네. 모름지기 진정한 무인이라면 그런 잡기에 의존해선 안 된다네.]

"그럼 그냥 진정한 무인 안 하고 말지, 뭐."

[……흠흠. 그래, 자네는 이런 성격이었지.]

적시운은 자리에 주저앉아 숨을 골랐다. 억눌려 있던 피로가 한꺼번에 몰려드는 기분이었다.

[뭐, 어쨌든 작금의 천하제일인이라고는 당당히 말할 수 있을 듯하군. 그래, 천하제일인이 된 기분은 어떤가?]

"딱히 별생각 없어."

[예상대로의 대답이구먼. 재미 없는 친구 같으니.]

쓴웃음을 지은 적시운이 시선을 옮겼다. 시체처럼 쓰러져 있는, 그러나 아직 숨이 붙어 있는 백진율에게.

전반적으로 수분이 모조리 빨려 나간 모습이었다. 박살 난 사지의 첨단은 부서진 석고상처럼 가루가 나 있었다. 더불어 얼굴을 비롯한 몸 곳곳에는 균열이 가득했다.

피 한방울 흘러나오지 않는, 무생물에 가까운 상태. 체내의 내공과 선천진기가 완전히 고갈된 결과였다.

투둑. 투투툭.

백진율이 눈을 떴다. 그 와중에 얼굴의 일부분이 부스러져 흩날렸다.

적시운은 그의 시야 안으로 다가갔다. 지금 상태로는 눈알을 굴리는 것만으로도 얼굴의 절반이 붕괴될 것 같았기에.

"정신이 드나?"

"……그래."

백진율이 가까스로 입을 열었다. 그 움직임만으로도 턱 끝이 바스러졌다.

잠시 고민하던 적시운이 한쪽 무릎을 꿇었다. 그리고 백진율의 흉부에 손을 대고는 내공을 주입해 주었다.

우우우웅.

부드럽게 퍼져선 체내를 감도는 기운.

임시방편에 불과했으나 일단은 백진율의 얼굴 위로 혈색이 돌았다.

"보아하니 내가 패배한 모양이군."

"패배한 지는 좀 됐지. 폭주한 이후의 너는 네가 아니었으니까."

"네게 패배하기 이전에 나 자신을 이기지 못했군. 내 안의 괴물을 제어하지 못했어."

백진율은 쓰게 웃었다.

"노사를 보았던 기억이 어렴풋이 나는데, 그는 어떻게 되었지?"

"달아났다, 널 버리고서."

"그래……. 그랬군."

푸스스스.

백진율의 하반신 대부분이 가루가 되어 흩날렸다. 고통은 없는 듯 표정이 평온했다. 하기야 감각기관 대부분이 소멸했을 테니 뭔가를 느끼지도 못할 터였다.

"뭔가 남기고 싶은 말이라도?"

적시운의 말에 백진율은 픽 웃었다.

"네가 내 입장이라면 한가로이 유언이나 떠들어 댈 것 같나?"

"아니겠지, 아마도."

"그래도 네겐 고맙다고 해야겠군. 비록 패배하긴 했지만 내가 지닌 모든 걸 쏟아낼 수 있었다. 폭주하여 날뛴 것까지 포함해서 말이야."

"그게 고마워할 일 같지는 않은데."

"그럴지도 모르지. 너와 내 가치관은 완전히 다르니."

"……"

적시운이 무언가를 말하려다 입을 닫았다. 백진율이 알 것 같다는 눈빛으로 웃었다.

"알고 싶은 게 있을 테지?"

"……그래, 보아하니 무백이란 늙은이는 암만 족쳐 봐야 말할 것 같지 않거든."

"나도 노사만큼은 많은 걸 알고 있지는 못해. 그래도 아는 한도 내에서라면 대답해 줄 수 있을 거다."

"좋아. 시간 역행…… 을 빙자한 차원 이동 기술은 어떻게 손에 넣었지?"

"우린 그저 먼저 나 있는 발자국을 밟았을 뿐이다."

"발자국이라면…… 역시 미국의?"

"그렇다."

"이 세상에 마물들을 풀어놓은 것도 놈들인가?"

"그들이 문을 열었고, 놈들이 넘어왔지."

적시운은 반사적으로 심호흡을 했다.

"그 계획을 실시한 목적은?"

"너도 설명을 들었을 텐데?"

"내가 들은 계획은 과거로 돌아가 최초의 게이트를 파괴하는 거였다. 하지만 실제로 이루어진 건 시간 역행이 아닌 차원 이동이었어."

"그랬지."

백진율이 깊은 한숨을 토했다. 메마른 입속에서 핏빛 먼지가 흘러나왔다.

"이미 알고 있겠지만, 너희는 실험체였다. 우리의 힘으로 게이트를 열 수 있는지 알기 위한."

"그 게이트 너머로 가서 뭘 하려 했지?"

"뻔하지 않나? 천마…… 아포칼립틱 데몬 로드를 처치하고 마수들과의 전쟁을 끝맺고자 했다. 이 세상, 중국뿐 아니라 지구 전체를 지키고자……."

백진율이 재차 한숨을 토했다. 허공을 응시하는 눈빛엔 희미한 회한이 담겨 있었다.

"하지만 계획은 실패했다. 차원 도약이 실시된 후에 남은 것은 온통 핏물과 육편으로 얼룩진 캡슐뿐이었지."

"……."

적시운은 옛 기억을 떠올렸다. 같은 입장의 지원자들과 함께 전송용 캡슐에 탔었고, 빛이 시야를 하얗게 물들였었다.

"그 뒤에 남은 것이…… 인체의 파편뿐이었다고?"

"그래, 몇몇은 연구원이 보는 앞에서 산 채로 폭사했다더군. 원래 모습조차 알아볼 수 없도록 찢겨 나간 시체들. 그게 전부였다."

"……."

"그 뒤로도 수차례의 실험이 이어졌지. 모조리 실패했다. 결국 차원 도약 계획은 폐기되었다. 우리는 마수들에게 맞설 다른 방법을 찾기로 했다."

백진율의 시선이 적시운에게로 향했다.

"설마 네가 살아남아 차원 도약을 했으리라고는 상상도 못 했지."

"알았더라도 바뀌는 건 없었을 거다."

적시운이 냉랭한 어조로 말했다.

"마수들에게 맞선다고 했지만 정작 너희가 한 일은 기득권을 지키는 것뿐이었어."

"……."

"한국 정부를 배후에서 지배했으며 중국 내 소수민족들을 말살했지. 그게 네가 말하는 마수들에 맞설 다른 방법은 아닐 텐데?"

"내가 바란 것은 그런 게 아니었어. 그건 어디까지나 노사의 독단으로 벌어진 일들이었다."

"그렇다고 그 늙은이를 저지하지도 않았잖아."

"노사는······."

백진율은 우울한 미소를 지었다.

"내게 있어 은인이자 어버이이자 스승이었으니까. 그런 그에게 반대할 수는 없었다."

"개소리하지 마. 그건 변명에 불과해."

"그럴지도."

백진율은 담담히 인정했다. 적시운도 분노를 거두었다.

어차피 몇 분 버티지도 못할 목숨. 그런 이를 상대로 열을 내봐야 무슨 소용일까 싶었다.

"뉘우치라느니 떠들어 봤자 무의미하겠지. 미국에 대해서나 말해봐. 그들이 차원의 문을 연 이유가 뭐지? 북미 제국과 황제에겐 어떤 비밀이 있고?"

"나도 자세히는 모른다. 다만······."

빠직. 빠지직.

백진율의 상체가 붕괴되기 시작했다. 허리부터 모래성처럼 무너지더니 삽시간에 가슴팍까지의 육체가 허물어졌다.

"미국이라는 국가를 재편한 자, 북미 제국의 황제는······."

적시운은 입을 꾹 다문 채 청력에 최대한 집중했다. 이제는 허파를 비롯한 대부분의 내장까지 소멸해 버려 목소리를 낸다는 것부터가 기적이었다.

"모든 것을······ 시작······."

파직. 푸스스스.

가슴, 목, 입, 코, 눈…….

백진율의 육체가 가루가 되어선 스르르 무너져 내렸다.

결정화된 유해가 바람에 쓸려선 흩날렸다. 중국을 넘어 아시아 전역을 호령해 온 천무맹의 수좌. 그 최후라기엔 너무나 허무하고도 쓸쓸한 광경이었다.

"……."

적시운은 몸을 일으켰다.

백진율은 죽었다.

하지만 아직 이 전쟁은 끝나지 않았다.

"정말로 죽어야 할 놈이 죽기 전까지는."

적시운은 마지막으로 백진율의 유해를 돌아봤다. 유해라기보다도 잔해라는 표현이 어울릴 법한 모래 부스러기. 일부라도 가져갈까 싶었으나 이내 마음을 접었다.

[토번(吐蕃)에는 고인을 존중하는 의미로써 풍장(風葬)하는 전통이 있었다더군. 바람과 황야가 훌륭한 벗이 되어줄 걸세.]

타성적으로 고개를 끄덕이던 적시운이 멈칫했다.

"백진율은 티베트 출신이 아니잖아."

[이러면 어떻고 저러면 어떤가? 그냥 적당히 예를 차리면 되는 게지.]

"어차피 녀석도 예나 존중 같은 건 바라지 않을걸."

담담히 중얼거린 적시운이 몸을 돌렸다. 초토화된 황야에서 그의 모습이 사라졌다.

남궁혁은 각 호위함의 함장들을 설득, 기수를 청도 방향으로 돌리게 했다.

함대의 호위함들은 졸지에 적함까지 호위하게 되었다. 그렇게 이동하는 중에 별안간 동쪽에서 초음속 비행체가 접근했다. 적시운이었다.

"무사하셨군요!"

기함 삭월의 해치.

엘레노아가 울음 반 웃음 반의 얼굴로 몸을 날렸다. 슬쩍 피할까 고민한 적시운이었으나 그냥 그녀의 몸을 받아주었다.

"순천자는?"

"대장로님께서는……"

-저는 여기에 있습니다.

근처의 스피커로부터 기계음이 들려왔다. 뒤따라 다가온 남궁혁의 모습을 본 적시운이 입을 열었다.

"보아하니 설명을 들어야 할 게 많아 보이는데."

-최대한 간략히 해드리지요.

순천자가 그간의 상황을 보고했다. 적시운은 그리 놀라지 않은 얼굴로 설명을 경청했다.

"그러니까 저 기함 전체가 당신의 육체가 되었다는 건가?"

-일단은 그렇습니다. 지금은 삭월과 아미타불의 네트워크를 연동시켜 적시운 님과 대화하는 중이지요.

"좋아. 그럼 나도 간단히 설명할게."

적시운이 주변을 힐끔 돌아봤다. 남궁혁은 애써 평정을 가장하고 있었다.

"조금 전 천무맹주 백진율을 쓰러뜨렸어."

움찔!

남궁혁이 크게 얻어맞은 듯 휘청거렸다. 천마신교도들은 만면으로 기뻐하면서도 애써 표출을 자제했다.

"그 말…… 사실인가?"

적시운이 남궁혁을 돌아봤다. 충격과 공포, 경악과 체념이 눈빛 속에 공존하고 있었다.

"사신전 백호전주…… 남궁혁이다."

"적시운이다."

"정말로 맹주께서 당신에게 패배했다는 건가?"

"그래."

"증거는?"

적시운이 무언가를 내던졌다. 날카로운 금속성이 뒤를 따랐다.

반으로 부러진 검 한 자루. 백진율의 애병인 염은하였다.

남궁혁의 뒤에 있던 태극군들이 장탄식을 토해냈다. 몇몇
은 그대로 자리에 주저앉아 울음을 터뜨렸다. 남궁혁은 지그
시 눈을 감은 채 말이 없었다.

적시운은 말없이 그들을 바라보다가 허공을 향해 말했다.

"이자들은 왜 여기에 있지?"

-그들과는 일시 휴전을 맺었습니다. 적시운 님의 뜻을 여쭈
지 않고 임의로 결정한 점을 사과드립니다.

"그럴 필요 없어. 당신이 그렇게 판단했다는 건 말이 통하는
상대라는 뜻일 테니. 그보다 급한 일도 있고."

적시운은 무백노사에 대해 이야기했다. 그가 백진율을 버
려둔 채 달아났다는 얘기엔 그 누구보다도 남궁혁이 더 분개
했다.

-사형다운 판단이라고 해야겠군요. 하지만 설마 맹주까지
저버릴 줄은 몰랐습니다.

순천자의 어조는 씁쓸했다.

-하면 그대로 추격해야겠군요.

"어디로 갔을지 짐작이 가?"

-십중팔구 신북경 지하 도시일 것입니다. 어찌하시겠습니
까?

"쫓아가야지."

적시운이 단호히 말했다.

"괜히 놈에게 시간을 줘서 후환을 키우고 싶지 않아. 오늘 확실히 천무맹과의 악연을 끝맺겠어."

제51장
긴 시대의 끝

1

무백노사를 척살한다.

적시운의 선언에 선내의 모두가 거대한 전율을 느꼈다.

누군가에게 있어선 감히 상상조차 못 할 일, 또 다른 이들에겐 평생의 숙원.

어떤 의미로든 울림이 클 수밖에 없었다.

"각 함장은 내가 설득하겠다."

남궁혁이 말했다. 그의 두 눈엔 끝을 알 수 없는 살기와 독기가 이글거렸다.

"그대들의 곁에서 함께 싸우는 걸 허락해다오."

"복수를 원하는 건가?"

"그렇다."

"그렇다면 나를 죽이려 해야 하지 않나?"

엘레노아가 불안한 눈으로 적시운을 올려다봤다. 남궁혁의 눈동자가 미세하게 흔들렸다.

"당신과 맹주 간의 대결은 정당한 싸움이었을 터. 아닌가?"

"싸움에 정당하고 아니고는 없다고 생각하지만, 굳이 대답하자면 그렇다고 해야겠지."

"맹주께선…… 스스로의 의지로 임전하였고 패배했다. 그렇다면 설령 복수에 임하더라도 사적인 판단에 의한 게 아닌, 맹의 뜻에 의한 것이어야 한다."

"너희끼리 회의한 다음에 결정하겠다는 건가?"

"그렇다. 하지만 배신의 경우엔 얘기가 다르다."

화악!

남궁혁으로부터 날카로운 살기가 방출됐다. 마교의 장로들조차 움찔하게 만드는 무시무시한 기세였다.

"당신의 설명이 모두 사실이라면 무백은 맹주를 버린 채 혼자 달아난 셈이다. 이는 용서받을 수 없는 배신행위. 이에 대해선 오직 즉결처분만이 있을 따름이다."

"내 얘기의 진위는 의심하지 않는 건가?"

"물론 의심한다. 그러니 가장 확실한 방식으로 판명을 내겠다."

"어떻게 말이지?"

스르릉!

남궁혁이 애병 복룡을 뽑았다. 뇌신제왕공의 기운이 단전
으로부터 솟구쳤다. 근육질의 오른팔을 타고 흐르는 강기. 뇌
신제왕공의 기운을 듬뿍 집어삼킨 검신이 파르르 떨며 검명
을 토했다.

"보여라, 너의 일수를. 백호전주 남궁혁이 직접 이 몸으로
받아내리라."

"그러니까."

남궁혁을 응시하던 적시운이 팔짱을 꼈다.

"쉽게 말해서 내가 백진율보다 센지 아닌지 확인해 보겠다
는 얘기로군?"

"단순히 강약을 따지겠다는 것이 아니다. 네 일격에 실린 진
심을 확인해 보겠다는 뜻이다."

[뼛속까지 무골이라는 거구먼.]

천마가 은근히 흡족한 듯한 어조로 중얼거렸다. 적시운은
전혀 그렇지 않았지만.

"얻어맞는 걸로 진심인지 거짓인지 따지겠다니. 살면서 들
어본 말 중에 제일 멍청한 소리로군."

[자넨 왜 이리 무인의 낭만을 모르는가?]

천마의 타박에도 적시운은 꿈쩍하지 않았다.

남궁혁은 도발 섞인 미소를 지어 보였다.

"거짓이 탄로 날까 봐 두려운가?"

"전혀."

"그렇다면 펼쳐 보란 말이다, 너의 일수를!"

"그렇게 원한다면."

적시운이 부드러운 손길로 엘레노아를 옆으로 밀어냈다. 남궁혁은 그 움직임에 시선을 고정한 채 온몸의 감각과 신경을 곤두세웠다.

'보아주마, 천마의 후예여!'

상황이 이렇게 되어 무백노사가 공공의 적이 되어버렸다지만 적시운에 대한 적개심이 없을 리는 만무했다.

더불어 남궁혁은 스스로를 납득시키고 싶었다. 눈앞의 이 남자는 진실로 강한 사내였다고, 그렇기에 맹주가 패할 수밖에 없었다고.

그렇기 때문에라도 일격을 받아내야만 했다. 그리고 만약 성에 차지 않는다면 거꾸로 자신이 단칼에 베어버릴 생각이었다.

그런데…….

"……!"

남궁혁은 두 눈을 부릅떴다. 분명 엘레노아의 옆에 있어야 할 적시운이 한순간에 사라졌다.

1초를 수십 개로 쪼갠 극히 미세한 간극. 그 시간의 파편 속에서 남궁혁은 적시운의 움직임을 놓쳤다.

그리고 파편의 틈새를 비집고 들어오는 살기!

'큭!'

남궁혁은 반사적으로 바닥을 박찼다. 단순히 적시운의 일격을 받아내겠다던 생각은 이미 증발한 뒤. 자칫하면 목숨이 위험할 수도 있다는 본능적 작용이 그의 육체를 전방으로 밀어냈다.

"하압!"

펼치는 검식 또한 남궁가제왕검의 절초인 창궁뇌륜쇄(蒼穹雷輪殺). 남궁세가에 비전되어 온 최강의 초식이었다.

콰르르르!

강기로 이루어진 푸른빛 뇌룡이 나선형으로 검신을 타고선 쇄도했다. 자칫하면 기함 전체에 치명타를 가할 수도 있는 위력. 제대로 먹인다면 삭월을 격침시키는 것도 가능할 정도였다.

때문에 검격을 방출한 당사자인 남궁혁조차 깜짝 놀라고 말았다.

'과유불급!'

단순한 반사 작용이라기엔 너무나도 강력한 초식을 펼치고만 것이다.

'하지만……!'

되돌리기엔 이미 늦었다. 되돌려선 안 된다는 생각도 강하게 들었다.

결국 남궁혁은 이를 악문 채 적시운의 기척을 좇았다. 이미 절초를 펼친 이상은 어떻게든 적시운과 결착을 내는 것이 상책이었다.

'어디냐!'

파핫.

마음속 외침에 대답이라도 하듯 적시운의 신형이 정면에서 나타났다.

예기치 못할 타이밍에 예상치 못한 위치. 모든 면에서 남궁혁의 사각을 찔러드는 한 방이었다.

'큭!'

남궁혁이 내심 헛숨을 삼키는 사이, 적시운의 신형이 그의 품 안으로 파고들었다.

번쩍!

눈을 멀게 할 것 같은 섬광이 지휘실을 뒤덮었다. 이어진 후폭풍에 서 있던 모두가 휘청거렸다. 요란한 돌개바람이 사람들의 피부를 훑으며 지나갔다.

하지만 그 이상은 없었다. 함선을 위태롭게 할 폭발이나 충격파도, 위협적인 열 폭풍이나 파편 세례도.

"……!"

간신히 상황을 확인한 모두가 두 눈으로 확인했다.

복룡을 놓친 채 널브러져 있는 남궁혁과 아무 일도 없었다는 듯 서 있는 적시운을.

-한 걸음 더 나아가셨군요.

순천자가 중얼거렸다. 기계음에 가까운 음성인데도 은은한 충격이 느껴지는 듯했다.

-천무맹주와의 일전이 적시운 님에게 있어 자양분이 된 듯합니다.

"아무래도 그런 것 같아."

담담히 대꾸한 적시운이 어깨를 으쓱였다.

"그래도 이 녀석이 냉정했더라면 이렇게 간단히 쓰러지진 않았을 거야."

-창궁뇌륜쇄를 상쇄시키신 것까지는 확인했습니다만······.

"창궁뇌륜쇄?"

-남궁가 제왕검의 절초입니다. 조금 전 남궁혁이 펼친 초식이지요.

"예전부터 알고 있었나 보지?"

-13분 전에 알게 되었습니다. 아미타불과 연동되어 있는 천무맹 데이터베이스에 접속해 보았지요.

"아, 그랬군."

-그다음의 수법은 확인하지 못했는데, 어떻게 하신 것입니까?

"그리 대단한 건 아냐. 당신 말대로 남궁혁의 검강을 상쇄시키는 동시에 복부에 한 방 먹였지. 아니, 엄밀히 말하자면 두 방이겠군."

천랑권의 오의가 담긴 권격 하나, 내부로부터 작렬하는 염동파 하나.

급소에 권강과 염동파를 동시에 맞았으니 남궁혁 같은 초고수라 해도 버틸 수 있을 리 만무했다.

"힘을 좀 조절할 걸 그랬어. 기절시킬 생각까진 없었는데."

"바로 깨울까요?"

엘레노아가 질문했다. 대놓고 내색은 안 하지만 단단히 화가 난 모양이었다.

"네가 왜 화를 내?"

"저 남자가 시운 님에게 거짓말을 했으니까요."

엘레노아가 냉랭히 말했다. 적시운을 향하고 있었지만 사실상 태극군들을 향한 말이나 다름없었다.

"얌전히 시운 님의 일격을 받아낼 것처럼 말하더니, 오히려 본인이 먼저 공격하려 들었잖아요. 비겁한 짓이었어요."

"……."

태극군들이 표정을 구겼지만 차마 반박하진 못했다. 어찌됐든 상황을 주도하는 쪽은 그들이 아니었기에.

"뭐, 난 딱히 상관없어. 어느 정도는 그러도록 유도하기도

했고."

"몸은 괜찮으신 거죠?"

"보면 알잖아. 어쨌든 저 녀석이 깨어나면 약속 지키라고나
전해줘."

"어디 가실 생각이신가요?"

"그 녀석들한테도 말해줘야지."

"그 녀석들……? 아!"

엘레노아가 알았다는 듯 고개를 끄덕였다.

순천자가 이어서 말했다.

-하면 저희는 신북경으로 향하고 있겠습니다.

"도시 외곽에 도달하면 대기해. 바로 들어가지는 말고."

-알겠습니다.

삭월을 빠져나온 적시운은 곧장 동쪽으로 향했다. 대략 목
적지를 옛 서울로 잡으니 얼마 가지 않아 비행선단을 발견할
수 있었다.

동백 연합의 함대였다.

"시운 님!"

밀리아가 껴안을 기세로 달려왔다. 적시운은 가볍게 몸을
틀어 그녀를 피했다.

가볍다고는 해도 웬만해선 눈으로도 좇아가지 못할 스피드
였다.

"으앗!"

졸지에 균형을 잃고 넘어질 뻔한 밀리아가 토라진 소리를 냈다.

"시운 님! 저에 대한 애정이 식으셨나요?"

"있어야 식든 끓든 하지."

"……!"

"농담이야."

피식 웃은 적시운이 손을 내밀었다. 적시운보다 족히 10㎝는 더 큰 밀리아가 대형견처럼 머리를 비벼댔다.

뒤따라온 헨리에타가 그 모습을 보고는 허리에 손을 얹었다.

"저 바보."

"헨리에타! 어쩜 적시운 님한테 그리 심한 말을 할 수가 있어?"

"너한테 한 말이야."

"흥! 너무해."

"너무하지 않아. 그리고 피곤할 테니까 그쯤 해둬."

생략된 주어는 물론 적시운일 터. 밀리아는 입맛을 다시고서 한 걸음 물러났다.

"다친 곳은 없는 거지?"

"보다시피."

"하긴 내가 바보 같은 걱정을 했네."

쓴웃음을 짓는 헨리에타의 뒤로 익숙한 얼굴들이 걸어왔다. 그렉과 아티샤는 호들갑 떨지 않고서 눈인사만 보냈다.

고개를 끄덕이고 어깨 너머를 보자니 임성욱이 걸어오고 있었다. 심자홍과 소피에게 부축당한 채.

적시운은 단번에 상황을 파악했다.

"정작 급한 사람은 따로 있었군."

적시운은 손짓으로 두 사람을 물러나게 했다. 부축자가 사라진 임성욱이 휘청했으나 이내 염동력에 의해 허공에 누웠다.

"치료하실 수 있겠어요?"

"원인만 알면 치료하는 건 어렵지 않아."

소피 로난의 질문에 적시운이 대답했다.

"의식은 있나 보네."

허공에 수평으로 눕힌 임성욱이 실눈을 떴다.

"아무래도 제가 좀 무리를 한 모양입니다."

"그런 것 같네. 미완성의 무공을 무리해서 펼친 모양이지?"

"어떻게 아셨습니까?"

"기혈이 뒤틀렸는데 내출혈은 없어. 과도한 힘을 끌어낸 것은 아니고 잘못된 방식으로 내공을 흘려보냈다는 뜻이지."

임성욱이 힘겹게 고개를 끄덕였다.

"단전 호흡을 하면 괜찮을 줄 알았는데 아니더군요. 처음엔 좀 괜찮다가 나중에 다시 상태가 악화됐습니다."

"경혈이 상해서 그래."

임성욱의 명치에 손을 얹은 적시운이 기운을 불어넣었다.

우우우웅!

봇물처럼 쏟아져 들어오는 무지막지한 기의 격류. 임성욱의
몸이 크게 들썩였다.

"큭……!"

"참아. 죽을 만큼 아프겠지만."

"크으윽!"

그새 땀으로 흠뻑 젖은 임성욱이 이를 악문 채 버텼다.

모두들 걱정 가득한 얼굴로 지켜봤지만 정작 적시운은 태연
했다.

"이제 집중하고서 토납법을 할 때와 같은 방식으로 내력을
일주시켜."

"네, 네……!"

임성욱이 끙끙거리며 집중했다. 얼마 지나지 않아 그의 얼
굴이 한결 편해졌다.

"됐어. 당분간 무리하지 마."

그를 내려놓은 적시운이 주위를 돌아봤다.

"지휘권을 위임받은 사람이 누구지? 임성욱은 좀 쉬어야 할
것 같으니 그 사람과 대화해야겠어."

"제가 일시적으로 지휘를 맡고 있어요."

소피의 말에 적시운은 고개를 끄덕였다.

"지휘실 가서 얘기하지. 권창수 의원과 김 장관님도 함께 듣는 편이 빠를 테니. 헨리에타도 따라오도록 해."

"응? 아, 으응."

세 사람이 지휘실로 향했다.

밀리아가 슬그머니 따라가려 했으나 그렉이 손을 붙들고서 제지했다.

"너는 가 봤자 방해만 된다."

2

-무사하셨군요.

모니터 너머의 권창수의 얼굴엔 안도감이 가득했다.

"천무맹주 백진율이 죽었습니다."

거두절미한 적시운의 말에 권창수와 김성렬이 낯빛이 요동쳤다.

-그렇다면…… 적시운 님께서?

"예."

-해내셨군요.

"그렇지만 아직 한 명이 더 남아 있습니다. 어찌 보면 진정한 우두머리라고 할 수 있는 인간이."

-무백노사…….

"예, 그자가 아직 살아 있습니다. 아마도 신북경으로 달아났으리라 추정 중이고요."

잠시 적시운을 응시하던 권창수가 입을 열었다.

-추격할 생각이시군요.

"지금 끝을 내지 않으면 후환만 커질 겁니다."

-알겠습니다. 하면 저희가 어떻게 도우면 될는지요?

"솔직히 여기까지 온 마당에 가능할지는 의문입니다만."

잠시 뜸을 들인 적시운이 말을 이었다.

"중화당 정부와 접촉하여 상황을 수습해 줬으면 합니다."

-그 말씀은…….

"이미 정규군끼리 맞붙어버리긴 했지만 가능하면 지금 선에서 상황을 끝맺고 싶습니다. 여기서 더 싸우게 된다면 정말 어느 한쪽이 끝장날 때까지 가야 할 테니까요."

단순히 정의감이나 선의 때문만은 아니었다. 그래서 적시운은 구태여 덧붙였다.

-그래선 너무 귀찮아지잖습니까.

"바보."

뒤에서 지켜보던 헨리에타가 쏘아붙였다. 어깨를 으쓱인 적시운이 내쳐 말했다.

"그 미치광이 늙은이만 잡아 족치면 이 싸움은 끝입니다. 쓸

데없는 피를 더 흘릴 필요는 없겠죠."

-무백노사가 죽더라도 천무맹이 남아 있지 않습니까?

"이미 그중 일부가 우리 쪽에 붙었습니다. 뭐, 영원한 동맹이라고는 결코 생각하지 않지만…… 그 늙은이만 죽는다면 그리 위협적이진 않을 겁니다."

잠시 주저하던 적시운이 덧붙였다.

"핵심 전력은 이미 궤멸된 거나 마찬가지고요."

맹주인 백진율은 물론이요, 휘하 최강 전력이라 할 수 있는 12강 역시 궤멸적인 피해를 입었다. 12명 중 살아남은 건 두 사람뿐. 그나마도 그중 한 명인 남궁혁과는 일시 동맹을 맺었다.

'게다가……'

설령 맹이 존속된다 하더라도 예전 같은 위세를 발하는 건 불가능할 터였다. 오히려 약해진 틈을 타 사방에서 물어뜯으려 들 세력들부터 걱정해야 할 판이었다. 당장 중화당만 해도 약해진 천무맹을 가만히 둘 리가 없었다. 그 정도로 천무맹의 피해는 심각했다.

-알겠습니다. 아마 중화당 정부도 더 이상의 출혈을 보고 싶어 하진 않을 겁니다. 무백노사를 확실히 제거한다는 보장만 있다면……

"확실히 제거할 겁니다."

일말의 주저도 없는 대답에 권창수는 피식 웃었다.

-적시운 님이 그렇게 말씀하신다면 그렇겠지요. 어쩌면 저들도 비슷한 결론을 이미 냈을지도 모르겠습니다.

한반도에서 대패했다는 소식은 이미 중화당 수뇌부에도 들어갔을 터. 눈치 빠른 정치꾼들인 만큼 천무맹과 한국을 두고서 저울질을 하고 있을 것임이 분명했다.

-하면 우리 군은 함께 가지 않는 편이 낫겠군.

김성렬의 말에 적시운은 고개를 끄덕였다.

"예, 한국군이 끼게 되면 국가 간 전면전으로 비칠 양상이 크니까요."

-중공군이 떡하니 우리 영토에 침범한 순간부터 이미 국가 간 전면전이 시작됐다고 보네만.

"그리고 우리가 이겼죠. 이 시점에서 우리군이 역습해 들어간다면 그 전쟁의 연장으로 비칠 겁니다."

-으음…….

침음을 토하는 김성렬. 권창수가 차분한 어조로 그를 위로했다.

-장관님 심정이 이해가 가지 않는 건 아닙니다만 더 이상 피를 흘리는 건 양국에 득이 될 게 없을 겁니다.

-알고 있소.

약간 퉁명스레 대답한 김성렬이 수습하듯 덧붙였다.

-나도 후대에 살육자로 불리고 싶진 않소.

이렇게 대략 의견이 모아지자 적시운이 계획을 설명했다.

"신북경엔 동백 연합과 데몬 오더만 데리고 갈 생각입니다. 거창한 계획이랄 건 딱히 없고, 가능한 부수적인 피해 없이 천무맹의 핵심만 타격할 생각입니다."

-알겠습니다. 뒷수습과 중화당 정부는 저희에게 맡겨주시길.

-무운을 빌겠네.

"감사합니다."

회의를 마치고 나오니 임성욱이 기다리고 있었다. 짧은 시간 동안 크게 회복된 모습이었다.

"감사합니다."

"좀 더 쉬도록 해. 금방 또 싸워야 할 테니까."

"알고 있습니다. 신북경으로 가는 거지요?"

적시운이 고개를 끄덕였다.

"선단을 이끌고 먼저 향하고 있어. 나도 곧 뒤따라 갈 테니."

"어디 가실 생각이십니까?"

"집에 잠깐."

"아."

임성욱이 이해했다는 듯 고개를 끄덕였다.

"알겠습니다. 그럼 먼저 가면서 기다리고 있겠습니다."

"그래."

바로 기함을 나선 적시운이었으나 곧장 집으로 향하지는 않았다.

'우선은 의정부시인가.'

미네르바로 위치 정보를 확인한 적시운이 신형을 날렸다.

차수정을 비롯한 데몬 오더 길드원들이 그곳에 있었다.

"선배!"

쏜살처럼 날아와 착지하는 적시운을 향해 차수정이 달려왔다. 밀리아처럼 안기려는 건가 싶었으나 차수정은 몇 걸음 앞에서 멈춰 섰다. 상기된 얼굴만큼은 크게 다르지 않았지만.

"무사하셨군요."

차수정이 간신히 운을 뗐다. 수많은 단어와 감정이 내포된 한마디였다.

"수고했어."

적시운이 화답하듯 말했다. 역시나 짤막하면서도 많은 것이 내포된 한마디였다.

"자세한 사정은 알고 있어요. 임 의원장님이 메시지로 설명해 주셨거든요."

"그럼 내가 괜히 온 건가?"

"아, 아뇨. 그럴 리가요."

차수정이 살짝 시선을 내리깔았다.

"선배가 와주셔서…… 정말 기뻐요."

"그리 기쁠 것까지야……. 영영 안 볼 것도 아닌데."

"집으로 가실 거라고 임 의원장님한테 들었거든요. 그래서 저희는 보지 않고 가시려나 보다 생각했어요."

[끌어안아 주게.]

천마가 돌연 말을 뱉었다.

'뭐?'

[수정일 끌어안게나. 이럴 땐 그래야 하는 걸세.]

적시운이 미간을 찌푸렸다.

'갑자기 왜? 그리고 언제 봤다고 수정이야?'

[이런 답답한. 잔말 말고 본좌가 시키는 대로 하게나.]

'……'

미간의 골이 한층 깊이 파였다. 그것을 본 차수정이 움찔했다.

"죄송해요, 선배. 제가 괜한 말을……."

'아, 젠장.'

이상한 오해를 사게 생겼다. 적시운은 할 수 없이 그녀를 살짝 안아주었다.

"……!"

흠칫 놀란 차수정이었으나 이내 눈을 감고서 적시운의 품에 기댔다. 길드원 전원이 바라보고 있었으나 그녀는 개의치 않았다. 덕분에 적시운만 낯이 뜨거워졌다.

"선배님, 선배님."

지켜보던 박수동이 백현준에게 속삭였다.

"박수라도 쳐 드려야 하는 거 아닙니까?"

"미쳤냐?"

"안 미쳤습다. 나름 감동적인 장면 아닙니까, 이거?"

"……길드장한테 몰살당한 길드로 남고 싶으면 한번 쳐 봐
라."

"흠."

박수동이 두 손을 벌렸다. 기겁을 한 백현준이 박수동의 멱
살을 틀어쥐고는 쏘아붙였다.

"뒈지려고 환장했냐?"

"그, 그냥 장난 친 건데……."

"그냥 한번 죽어볼래? 장난 좀 제대로 쳐 줄까?"

박수동이 캑캑거리며 백현준의 등 뒤를 손가락질했다. 흥분
한 백현준은 본체만체했지만.

"선배, 뒤에, 뒤에."

"이게 은근히 말까지 짧네. 넌 오늘 제대로 멱 좀 따여봐야
겠다."

"수정 선배, 수정……."

백현준은 그제야 뒤를 돌아봤다. 멍하니 서 있는 길드원들
사이로 차수정이 팔짱을 끼고 있었다.

"지금 대체 뭐 하는 거야?"

여느 때와 다를 게 없는 냉정한 어조. 적시운 곁에 있을 때와는 천지 차이인 음성이었다.

"어, 음. 그러니까…… 길드장님은……?"

"떠나셨어."

"벌써 말입니까?"

"한시가 급한 상황이니까. 아직 전쟁은 끝나지 않았어. 너희도 장난 그만 치고 이동할 채비나 해."

"아, 옙."

백현준이 두 손을 놓았다. 바닥에 나동그라진 박수동이 목을 부여잡고 기침을 토했다.

"어디로 가는 겁니까?"

"신북경."

그 한마디에 멍하던 게 확 깨는 기분이었다. 백현준은 조심스러운 어조로 물었다.

"중국의 심장부를 치는 겁니까?"

"아니, 달라."

차수정이 정정해 주었다.

"천무맹의 심장부를 치는 거야."

베란다의 창문이 덜컹거렸을 때 적세연은 움찔했다. 하지만 그게 바람이었음을 깨닫고는 나직이 한숨만 뱉었다.

중공군의 침공이 시작되자 그녀를 비롯한 적시운 일가는 과천 특구로 돌아왔다. 안전하기는 벙커까지 마련되어 있는 신서울 행정부가 안전할 테지만, 그렇더라도 집에 있고 싶었던 것이다.

"오빠가 돌아올 곳은 이곳이니까. 그렇지?"

쿵쿵.

비상식량은 대답 대신 그녀의 옷에 코를 대고는 쿵쿵거렸다. 먹을 게 있으면 내놓으라는 특유의 제스처였다.

"어휴, 넌 어쩜 이런 때에도 먹을 것 생각뿐이니?"

……?

고개를 갸웃거린 비상식량이 혀를 빼물고 헥헥거렸다. 배고 프니 밥을 대령하라는 행동이었다.

"오빠가 너더러 왜 똥개라고 하는지 알 것 같아."

쿵쿵.

"먹을 것 없다니까 자꾸 왜 그래?"

비상식량이 가볍게 으르렁거렸다. 말뜻을 이해했다기보다는 어조가 강경해진 게 불만인 모양이었다.

"너, 그래도 무슨 마수의 새끼였다며? 그럼 위험할 때 날 보호해 줄 수 있는 거니?"

비상식량은 하품으로 화답했다. 한숨을 쉰 적세연이 녀석의 머리를 쓰다듬었다. 기분 좋은 듯 눈을 감았던 비상식량이 돌연 몸을 일으켰다.

"왜 그래?"

으르렁거리는 소리로 대꾸하는 비상식량. 꼿꼿이 서서 베란다 방향을 노려보자니 적세연도 돌연 불안해졌다.

"거기에 뭐라도 있어?"

화답이라도 하듯 베란다 창문이 드르륵 열렸다. 12층 높이 아파트의 창이 열리자 세찬 바람이 쏟아져 들어왔다.

흠칫 놀란 적세연이 주변을 더듬었다. 무기로 쓸 만한 물건을 찾으려는 것이었지만 일반 가정집에 그런 게 있을 리 만무했다.

이런 날을 대비해 무공을 배우기도 했건만, 막상 상황이 눈앞에 닥치니 머릿속에 새하얘졌다.

적세연은 눈을 질끈 감고서 중얼거렸다.

"오, 오빠⋯⋯!"

"응."

"엥?"

적세연이 눈을 떴다. 적시운은 막 베란다 문을 닫은 참이었다.

"왜 그렇게 쳐다봐?"

"……."

맥이 탁 풀린 적세연이 시선을 옮겼다. 비상식량은 여전히 적시운을 향해 으르렁거리고 있었다.

"너, 대체 왜 그런 거니?"

"똥개라 그렇지 뭘."

"……."

괜히 억울해진 적세연이 비상식량을 째려봤다. 비상식량은 그새 만사가 귀찮아진 듯 으르렁대는 것도 멈추고는 바닥에 철퍼덕 엎드렸다.

"이…… 바보 멍청이!"

적세연을 힐끔 돌아본 비상식량이 쩍 하품을 했다. 적시운은 이게 무슨 상황인가 싶어 둘을 번갈아 봤다.

"놀랐어? 이럴 줄 알았으면 정문으로 들어올 걸 그랬네."

"그래! 상식적인 사람이면 문으로 다녀야지, 왜 거기로 들어와서 사람을 놀래켜?"

"어, 미안."

얼떨결에 사과하는 적시운. 적세연은 바보가 된 기분에 한숨을 뱉었다.

"아냐. 내가 미안해, 오빠. 좀 전에 나 되게 바보 같아 보였지?"

그렇다고 대답할까 하던 적시운은 마음을 바꿨다. 때로는 진실이 매를 부르는 법이었다.

"다친 데는 없는 거지?"

"빨리도 물어보는구나."

적시운이 웃으며 대답했다. 적세연이 다가가 오빠를 안았다.

3

동생의 머리칼을 쓰다듬어 준 적시운이 물었다.

"어머니랑 누나는?"

"집 안 공기가 답답하다고 산책 나가셨어. 엄마 혼자 가시려는 걸 언니가 따라나섰고."

"산책?"

적시운은 미간을 찡그렸다. 오는 길에 본 과천 특구는 유령 도시처럼 한산했다. 그럴 수밖에 없는 게, 대부분의 시민이 지하 방공호로 대피했던 것이다.

계엄령이 떨어지진 않았다지만 엄연한 전시 상황. 옛 서울 시가지 전투가 조금만 틀어졌어도 이곳까지 중공군이 들이닥쳤을 것이다.

"대체 왜……."

"오빠를 믿으니까. 그렇게 대답하면 화낼 거야?"

"당연하지. 만약의 경우라는 게 있잖아. 내가 늦거나 오지 못했다면 어쩌려고 그래?"

"그런 상황이라면 방공호로 대피하더라도 달라질 게 없잖아? 어차피 모두 죽거나 포로가 됐을 텐데."

그렇기는 했다.

적시운의 말문이 막히자 적세연이 빙긋 웃었다.

"그리고 오빠라면 꼭 올 거라고 믿었어. 예전에도 그랬었고, 지금도 마찬가지야."

새삼 뭉클해진 적시운이 여동생의 머리칼을 헝클어 놓았다.

"아, 오빠. 그만해."

"오냐."

적시운이 베란다로 향하자 적세연이 옷자락을 잡았다.

"문으로 가야지. 상식 있는 문명인이잖아?"

"그래그래."

뒤늦게 신발을 벗은 적시운이 문으로 향했다. 그 뒷모습을 바라보던 적세연이 넌지시 물었다.

"또 가야 되는 거지?"

"응, 아직 마침표를 찍지 못했거든."

엄밀히 말하자면 쉼표라고 해야 할 것이다. 무백노사를 죽이는 것으로 모든 게 끝나진 않을 테니.

"엄마랑 언니는 만나고 갈 거지?"

"그래야지."

현관에 선 적시운이 멈칫했다. 문을 나서는 느낌이 오래전 그날을 떠올렸던 까닭이다.

체감상으로는 1년이 채 안 된 기간. 그러나 물리적으로는 10년이 넘는 시간이 흘러 버렸다. 실제로도 많은 것이 변했고.

[그렇기에 그때와 지금은 엄연히 다르다네.]

천마가 말했다. 적시운은 고개를 끄덕이고서 여동생을 돌아봤다.

"다녀올 테니 집 잘 보고 있어."

적세연이 환한 미소로 말했다.

"응."

신북경 지하 도시, 천무맹 본부 황룡성의 본관.

문이 부서질 기세로 벌컥 열렸을 때, 지휘실에서 대기 중이던 이들 모두가 기겁하듯 몸을 일으켰다.

"죽여…… 버릴 테다!"

안으로 들어선 이는 무백노사였다. 상처 하나 입지 않은 양호한 상태. 그러나 잔뜩 일그러진 얼굴은 형용키 어려운 고통과 격노를 표출하고 있었다.

"중화당 지도부와 연결하라! 지금 당장 긴히 논할 일이 있다!"

기다렸다는 듯 중앙 모니터에 불이 들어왔다. 익숙한 얼굴들이 나타났다. 심인평 다음 가는 권력을 지닌 중화당의 핵심 간부들이었다.

-부르셨습니까, 노사?

언뜻 듣기엔 공손한 어조. 그러나 그들의 면면을 확인한 무백노사는 낯을 일그러뜨릴 수밖에 없었다. 언제나 그림자처럼 따라다니던 천무맹에 대한 공포가 상당 부분 희석되어 있었다는 걸 간파했기 때문이었다.

'이놈들이……?'

은근히 차오르는 분노와 당혹감. 그러나 이런 사소한 일로 꼬투리를 잡기엔 시간이 촉박했다. 무백노사는 애써 노기를 삭이며 용건을 꺼냈다.

"핵병기를 사용해야겠네."

-…….

간부들의 얼굴엔 별다른 심정적 동요가 나타나지 않았다. 어느 정도는 예상했다는 듯한 태도마저도 느껴졌다.

-그 전에 확인해야 할 일이 있습니다, 노사.

"확인? 지금 확인이라고 했나? 자네들이 언제부터 노부에게……."

-천무맹주는 지금 어디에 있습니까?

톱니바퀴 사이로 이물질이 낀 태엽 인형처럼 무백노사가 순간적으로 덜컥 움찔했다.

'망할.'

뒤늦게나마 평정을 가장하려 했지만 간부들의 눈에 이채가 스친 직후. 뭔가 있음을 확신하는 시선들이 노사를 겨냥했다.

무백노사는 지그시 입술을 깨물고서 말했다.

"현재 한반도에서 전투를 진두지휘하고 계시네. 자리를 비우시기 힘든 까닭에 부득불 노부가 올 수밖에 없었고."

-혼자서 말씀이군요.

무백노사는 주먹을 불끈 쥐었다.

"그럴 만한 사정이 있었네."

-저희를 호출하는 것쯤은 아미타불의 지휘실에서도 가능했을 텐데요.

"그게 어렵게 됐으니 여기까지 온 게 아닌가!"

무백노사가 일갈하며 오른손을 내려쳤다. 상아를 세공한 최고급 탁자가 단번에 바스러졌다. 무시무시한 살기에 오퍼레이터들이 숨을 죽였다. 그러나 중화당의 간부들은 싸늘히 바라보기만 할 따름이었다.

무감정한 그 시선들은 무백노사의 분노를 부채질했다.

"네놈들이 감히! 감히 그런 눈으로 노부를……!"

-조금 전에 말씀하신 이야기, 조금만 더 자세히 해주실 수 있겠습니까?

"네놈들이 시킨다고 노부가 할 것 같으냐! 이런 시건방진 것들!"

-그렇다면 제가 대신 말씀드리지요. 천무맹의 기함 아미타불은 현재 적에게 노획당한 상태입니다. 아닙니까?

"……!"

-몇 분 전에 아미타불로부터 연락이 왔습니다.

순천자!

무백노사의 두 눈에서 불똥이 튀었다.

"그놈은 우리의 적일세! 천무맹의 적이자 중화의 적! 수백 년도 전부터 우리를 노려온 구렁이 같은 놈이야!"

-연락을 취한 이는 백호전주였습니다, 노사.

"혁!"

조금 전과는 다른 성질의 충격이 노사의 뇌리를 후려쳤다.

"남궁혁이? 창궁검왕이 말인가?"

-그자 외의 백호전주가 달리 있지는 않은 걸로 압니다만.

이제는 대놓고 비꼬는 어조.

무백노사는 뿌드득 이를 갈았다.

-백호전주가 들려준 이야기는 실로 충격적이더군요.

중앙에 앉은 간부가 담담히 말을 이었다.

-하지만 제반 상황을 체크해 보니 신뢰도가 상당하다는 걸 인정할 수밖에 없었습니다.

"무슨 얘기 말이더냐! 대체 그 아이가 무슨 말을 지껄였기에?"

중화당 간부들의 눈빛이 보다 선명해졌다. 노골적인 경멸의 시선이었다.

-패색이 짙어지자 당신 홀로 전장에서 이탈했다더군. 위기에 처한 맹주까지 저버리고서 말이오.

"……!"

무백노사가 손아귀를 움켜쥐었다. 대리석 의자의 팔걸이가 단번에 바스러졌다.

-맹주에 대한 배신행위야 천무맹 내의 사정이니 우리가 왈가왈부할 일은 아니오. 하지만 다른 일이라면 사정이 다르지.

"다른 일이라고?"

-당신이란 존재는 이 국가와 수억 인구를 극도의 위기로 몰아넣었소. 멋대로 아시아 전역에 선전포고를 했으며 사사로운 의도로 정부군까지 움직였지.

"네…… 놈들……!"

-핵병기를 사용해야겠다고 하셨소? 그걸 발사하여 적들을 멸할 생각이었소? 지금껏 당신 손에 죽어간 수많은 이처럼?

"그 아가리 닥쳐라! 갈기갈기 찢어버리기 전에!"

무백노사가 사자후를 터뜨렸다.

쿠우우우!

온몸의 털을 쭈뼛 서게 만들 정도의 무시무시한 기염이 노인의 단구에서 터져 나왔다. 모니터 너머임에도 간부들의 낯빛이 파리해지는 것이 느껴질 정도였다. 하지만 그럼에도 그들은 굴복하지 않았다.

-상처 입은 맹수일수록 요란하게 울부짖는 법이지.

"이 빌어먹을 잡놈들! 평소엔 끽소리 하나 제대로 못 내던 것들이, 감히 잠깐 주춤거린다고 이런 식으로 비수를 꽂아?"

-우리가 이럴 줄 몰랐다는 듯 말씀하시는군? 평소에 잡놈들 대하듯 대하셨으니 우리도 잡놈처럼 굴 수밖에 없지 않겠소?

간부 중 한 명이 차갑게 쏘아붙였다.

무백노사는 부들부들 떨리는 몸을 애써 가누었다. 노화 때문에 아니라 용암 같은 체내의 노기로 인해 육체가 터져 나갈 것만 같았다.

-심인평 주석은 존경할 만한 사내였지. 사상의 차이가 있을지언정 인간 대 인간으로서 그를 싫어한 사람은 거의 없었을 것이오.

"네놈들……!"

-당신은 그런 남자를 무참히 살해했소. 허수아비라고는 해

도 일국의 최고 지위에 자리한 사람을!

"네놈들도 묵과하지 않았더냐! 노부의 행동에 감히 토를 달지도 못한 채 심인평을 외면했지 않더냐!"

-그랬지. 그 죄책감은 아마도 평생을 안고 가야 할 것이오.

간부들의 면면에는 이제 결연한 빛마저 드러나고 있었다.

-이것으로 끝마쳤다고는 할 수 없겠지만, 어느 정도는 속죄가 되리라 믿소.

중앙의 간부가 준엄한 어조로 선언했다.

-중화당 정부는 현 시간부로 천무맹을 극단주의를 추종하는 반국가 테러 집단으로 규정할 것이오.

"반국가 테러 집단!"

반사적으로 소리치는 노사의 두 눈이 당장에라도 튀어나올 것만 같았다.

"네놈들이 정녕 미쳤구나. 보아하니 방공호에 옹기종기 모여 있는 모양이로군. 노부가 당장 찾아갈 터이니 조금만 기다려라! 노부의 눈앞에서도 그딴 망발을 지껄일 수 있는지 보자꾸나!"

-아무래도 그리도록 둘 수는 없겠습니다.

익숙한 목소리가 끼어들었다. 큰 화면의 구석으로 자그만 창이 떠올랐다.

"혁! 네놈!"

-왜 맹주를 저버렸습니까?

단도직입적인 남궁혁의 질문에 무백노사가 이를 악물었다. 그러나 이내 처절한 음성으로 포효하듯 반박했다.

"네놈이 내 심정을 아느냐? 두 손으로 직접 기르고 키워낸 맹주를 저버려야 했던 노부의 심정을! 단장이 끊어져도 이보다 고통스럽진 않을 것이다!"

-당신은 그곳에서 맹주 대신 죽었어야 했습니다.

"내가 죽으면 천무맹은 끝이다! 수백 년에 걸쳐 지켜온 중화의 가치도, 그 무엇보다도 존귀한 이 나라의 운명도 끝장이란 말이다!"

-당신이 맹주를 저버렸을 때.

남궁혁이 씁쓸하면서도 싸늘한 어조로 쏘아붙였다.

-이미 천무맹의 운명은 종언을 고했습니다.

"이놈!"

-중화의 가치라거나 이 나라의 운명은 어찌 될지 모르겠습니다만…… 이대로는 크게 달라질 것 같지 않군요.

"이 배은망덕한 놈! 이제야 알겠다. 네놈이 적시운 그 개자식과 결탁을 했구나. 맹주를 죽인 원흉과 손을 잡았어!"

-맹주를 죽인 것은 그 사내지만 맹주를 버린 것은 당신입니다.

"말장난 따위를! 네놈이야말로 변절자가 아니더냐! 맹주의

살해자와 손을 잡은 배신자가 아니더냐!"

-그 사내와는 내 나름대로 결착을 낼 것입니다.

남궁혁이 준엄한 어조로 대꾸했다.

-하지만 그 이전에 해야 할 일이 있습니다. 천무맹의 이름으로 벌어진 잘못들을 수습하는 것이지요.

"그 수습이란 게 노부에 대한 배신이란 말이더냐!"

-당신으로부터 시작된 죄악의 연쇄를 끊으려는 것뿐입니다, 사조님.

"오냐! 좋다!"

무백노사가 피를 토할 기세로 일갈했다.

"노부가 베푼 은혜를 저버리고 비수를 꽂으려 드는 패륜아 놈!"

노사의 시선이 이윽고 간부들에게로 향했다.

"그간의 모든 일에 암묵적으로 동의해 온 주제에, 이제 와 입을 싹 씻으려 하는 위선자 놈들!"

서릿발 같은 살기에 간부들이 시선을 피했다. 남궁혁은 안타까움 가득한 얼굴로 노사를 바라봤다.

"네놈들과 조선 놈들! 천마신교의 천한 잡것들! 그리고 적시운!"

노사의 포효가 지휘실을 뒤흔들었다.

"모두 노부가 토벌할 것이다. 전부 쳐 죽여 버릴 것이다! 내장을 하나하나 뽑아 죽어가는 네놈들의 눈앞에서 갈가리 찢으리라!"

무백노사는 통신을 끊도록 명했다. 서슬 퍼런 명령에 오퍼레이터가 부랴부랴 핫라인을 단절시켰다.

"너희가 정녕 그렇게 나온다면……"

불 꺼진 모니터를 노려보며 무백노사가 중얼거렸다.

"노부는 세상의 파괴자가 되겠다."

4

"끝이로군."

비행기함 삭월의 지휘실.

통신을 마친 남궁혁이 씁쓸한 어조로 중얼거렸다.

조금 떨어진 위치에선 엘레노아가 그를 바라보고 있었다. 불안감과 의심이 뒤섞인 눈빛으로.

그 시선을 눈치 못 챌 남궁혁이 아니었다.

"하고 싶은 말이라도 있나?"

"정말 무백노사에게 칼을 들이댈 수 있나요?"

"무슨 뜻이지?"

"당신은 그를 사조님이라고 불렀죠. 그렇다는 건 그와 당신이 같은 혈족이라는 뜻이고요."

"먼 혈족이지. 그는 수백 년을 살아온 존재이니. 나는 남궁가 직계의 후손이며 그는 방계 출신이다."

"첩의 자식이란 뜻이군요."

"그렇다. 그렇더라도 내 사조라는 점은 변하지 않지만."

대꾸를 마친 남궁혁이 픽 실소했다.

"시시한 편견이로군. 내가 한족이기 때문에 그를 공격하지 못하리라는 건가?"

"당신네는 유학을 추종하니까요. 껍데기뿐인 위선에 불과하긴 하지만."

"색목인 계집 주제에 제법 아는 척을 하는군."

"나는 천마신교의 일원이니까요."

당당히 대꾸한 엘레노아가 덧붙였다.

"사냥감에 대해 가장 잘 아는 건 목자 아니면 사냥꾼이죠."

"순천자나 적시운이라면 몰라도 네가 할 말은 아닌 것 같은데."

"……."

"걱정 마라. 충의를 저버린 자에게까지 선조 대접을 할 만큼 꽉 막히진 않았으니. 나보다는 앞으로의 싸움을 걱정하는 편이 나을 것 같군."

"무슨 뜻이죠?"

"무백노사는 무서운 인물이다. 힘의 강약이 문제가 아니라 무슨 짓을 할지 모른다는 점이 문제지."

중화당 간부들은 실수를 했다. 조금 더 몸을 사렸어야 했는데 본색을 너무 빨리 드러낸 것이다. 아마도 그간 노사 앞에서 설설 기어야 했던 데 대한 반감 때문일 터. 늙은 마귀에게 한 방 먹여주고 싶다는 의욕이 빚어낸 행동이었으리라.

'하지만 좀 더 참았어야 했다.'

노사에게 협력하는 척하여 방심케 하는 게 최선이었다. 그래야 결정적인 순간에 회심의 일격을 먹일 수 있었을 테니까.

하지만 그 방안은 이미 물 건너갔다. 이미 벌어진 상황에 맞춰 계획을 세우는 수밖에 없었다.

'예기치 못한 상황이 벌어지지 말아야 할 텐데……'

"황룡성 내의 전 병력은 출격 준비를 하라! 오늘! 우자(愚者)들의 수라장이 된 신북경을 정화할 것이다!"

무백노사의 서슬 퍼런 외침이 스피커를 타고 황룡성 전체에 울렸다. 본부 내에서 대기하던 천무맹 무사들이 병장기를 갖추어 집합했다.

우우웅.

집합소의 천장에 초대형 홀로그램이 떠올랐다.

신북경 지하 도시의 내부 지도. 그중 붉은빛이 반짝이는 곳들은 중화당 요인들을 위해 만들어진 특수 벙커였다.

"목표는 중화당의 버러지들이다! 본맹을 배신한 비열하고 졸렬한 것들이다!"

무백노사의 목젖 위로 시퍼런 핏대가 불거졌다.

"모조리 쳐 잡아 죽여라! 천무맹의 이름 아래!"

"존명!"

콰광!

우렁찬 외침이 집합소를 뒤흔드는 순간, 황룡성의 바깥에서 돌연 폭염이 치솟았다.

"본부가 공격당하고 있습니다! 배리어 위로 십자포화가 떨어지고 있습니다!"

오퍼레이터의 다급한 외침.

무백노사는 두 눈을 부릅떴다.

"놈들이 벌써?"

무인 드론의 촬영 영상이 떠올랐다. 황룡성을 포위한 채 포격을 퍼붓는 것은 배치형 이온 캐논들. 신북경 지하 도시의 요격 시스템이었다. 중화당이 선수를 친 것이었다.

"이 버러지들이……!"

예상했어야 할 일이었으나 그러지 못한 것은 선입견 때문이었다.

감히 쥐새끼 같은 것들이 뭘 어찌할 수 있을까. 구석에 숨어서 벌벌 떨기나 하고 있을 테지.

그런 생각이 앞섰기에 미처 예측하지 못한 것이다.

"무사들을 출격시켜라! 수수깡 같은 포대들 따위, 단번에 박살 낼 따름이다!"

천무맹 무사들이 본부 밖으로 우르르 쏟아졌다. 이온 캐논의 포신들이 무사들에게 집중되었다.

콰과과과과!

폭우처럼 쏟아지는 섬광의 세례.

천무맹은 상급 무사들을 앞세워 이온 포탄들을 튕겨내는 방식을 택했다. 다만 워낙 포대가 많은지라 시작부터 적잖은 사상자를 냈다.

"돌격! 놈들이 포대를 파괴하지 못하게끔 막아라!"

각 포대 근처에 대기하던 기갑 병력이 앞으로 나섰다. 신북경이 보유한 최정예 기간틱 아머 부대였다.

"깡통 병정 놈들을 모조리 찌그러뜨려라!"

"모국에 칼을 들이대는 개자식들을 죽여라!"

장교들과 대주들의 외침은 포격 속에 파묻혔다. 무사들과 기갑 병사들은 광기에 떠밀린 채 서로를 향해 살수와 탄환을 쏟아냈다.

"망할 것들!"

모니터로 전황을 지켜보던 무백노사가 짓씹듯 중얼거렸다. 천무맹 무사들이 비교적 우세를 점하고는 있었으나 노사로선 결코 만족할 수가 없었다.

사실 전술적으로 보자면 천무맹 측의 뜻대로 흘러가는 중이었다. 황룡성 코앞에서 전선이 교착 상태에 빠져, 그 이상 전진하질 못하고 있었으니 말이다.

"천무맹 12강만 건재했어도……!"

최정예 전력인 그들의 부재가 새삼 뼈저리게 느껴졌다. 더불어 그들을 궤멸시킨 적시운에 대한 적의가 한층 불타올랐다.

'남아 있는 정예 부대는?'

청룡전, 현무전의 병력은 전멸. 주작전은 일찌감치 적시운에게 붙어버렸다. 그나마 건재하던 백호전 역시 남궁혁의 배신과 더불어 적이 되어버린 상황이었고.

팔부신중은 그나마 사정이 낫긴 했다. 각나찰, 창야차, 마후라가, 제석천의 휘하 병력은 전멸. 가루다와 범천, 아수라는 수하를 따로 두지 않았다. 사실상 그들 셋은 제석천 휘하의 별동대나 마찬가지였기에.

"남은 것은 간다르바뿐인가……!"

졸지에 팔부신중의 유일한 생존자가 되어버린 간다르바. 다만 그는 한반도 전투에 투입된 이후 소식이 끊어진 뒤였다. 엄밀히 말해 전장을 이탈한 무백노사가 연락을 끊은 셈이었지만.

결론은 분명했다.

천무맹 12강이 사실상 전멸했다는 것.

그 타격은 지금 이 순간 뼈에 사무치게 다가오고 있었다.

"그렇다면 노부가 나서는 수밖에!"

도포 자락을 떨친 무백노사가 지휘실 밖으로 신형을 쏘았다. 최후 수단으로 본인이 직접 최전선에서 병력을 진두지휘하기로 한 것이다.

"제 주제도 모르는 버러지들!"

전장으로 날아든 무백노사가 대뜸 쌍장을 떨쳤다. 시작부터 십이성 공력을 다한 항마무한장이 터져 나왔다.

"모조리 죽어라!"

파아앗!

금빛 뇌광이 전장을 집어삼켰다. 생물의 한계를 아득히 넘어선 초월적인 힘이 포대와 기갑 병력을 한데 휩쓸었다.

스스슥.

30m 이내에 있던 모든 게 피아를 가리지 않고 삽시간에 증발했다. 그 범위 바깥에 있던 병력도 용암을 끼얹은 듯 녹아내렸다.

그리고 뒤를 이어 터져 나오는 열폭풍. 안 그래도 불안정한 지하 도시의 거리와 건물들이 터지고 융기하고 무너져 내렸다.

콰드득! 콰직! 콰지지직!

전장은 문자 그대로 수라장으로 돌변했다. 노사의 등 뒤에 있던 황룡성의 건물들조차 쩍쩍 금이 가고 무너질 정도였다.

물론 무백노사는 그 사실에 아무런 가책도 느끼지 않았다.

"천지는 드넓고 인간은 많다. 중화의 보금자리가 오염되었다면 정화하면 그만이다. 정화하고서 다시 새로운 보금자리를 만들면 그만이다."

나직이 읊조리는 노사의 두 눈엔 시퍼런 귀기가 어려 있었다.

"내가 할 것이다. 노부가 해낼 것이다. 이 현원자가 살아 있는 한! 제2, 제3의 백진율은 다시금 태어날 것이다!"

무백노사가 바닥을 박찼다. 안 그래도 불안정해져 있던 지반이 우르르 무너졌다.

"따라와라, 천무의 아들딸들아! 노부가 너희를 약속의 땅으로 인도하리라!"

광기 어린 외침에 천무맹의 무사들은 전율했다. 그리고 노사를 뒤따르는 대신 두려움 속에 올려다보았다. 자세한 사정을 파악하고 있지 않더라도 느낄 수 있었던 까닭이다.

이자가 미쳤다는 것을.

-천무맹의 무사들에게 알린다!

확성된 음성이 머리 위로부터 흘러나왔다. 지하 도시의 천장에 달린 확성기로부터 나오는 목소리였다.

-나는 백호전주 남궁혁이다. 상황이 급박하니 본론만 말하겠다. 천무맹주 백진율은 사망했다. 무백노사는 맹주를 저버리고 홀로 달아났다. 그리고 궁극적으로는 이곳 신북경 지하도시까지 멸망시키려 하고 있다.

"감히!"

무백노사가 천장을 향해 솟구쳐 올랐다.

-나는 대의를 위해 노사를 멸하고자 한다. 너희에게도 의협심이 남아 있다면……!

"그 입 닥쳐라!"

무백노사가 권격을 뻗었다. 십이성 공력의 백팔나한격(百八羅漢擊) 지하 도시의 천장을 때렸다.

콰과과과과!

어마어마한 규모의 붕괴가 일어났다. 권격에 강타당한 지점을 중심으로 반경 100m의 천장이 송두리째 무너졌다. 천장이 박살 나면서 쏟아져 들어온 수억 톤의 토사가 도시 위로 그대로 떨어졌다.

쿠구구구구!

2차, 3차로 이어지는 연쇄 붕괴. 토사에 직격당한 건물들이 붕괴되며 파괴의 도미노 현상이 벌어졌다.

"……!"

"아아아……!"

무사들은 망연자실한 얼굴로 그 광경을 바라봤다. 인간의 한계를 넘어선 존재가 폭주함으로써 빚어진 참상을. 그리고 깨달았다. 남궁혁이 한 이야기가 모두 진실임을.

"뭣들 하고 있느냐! 어서 빨리 지하 벙커로 향하여 중화당의 버러지들을 해치워라!"

되돌아온 무백노사가 고래고래 소리를 질렀다. 그러나 그 외침에 떠밀려 발을 떼는 이는 아무도 없었다.

"너희가 지금 노부의 명령에 불복하겠다는 것이더냐?"

"맹주를 저버리고 달아났다는 게 사실입니까?"

어느 특급 무사가 고개를 치켜들고 물었다. 어조는 공손하나 태도는 적대적. 대답 여하에 따라 당장 베어버리겠다는 살기가 느껴졌다. 그 모든 사실이 노사를 미치게 만들었다.

"네놈들이 감히!"

노사가 재차 쌍장을 떨쳤다. 피아를 분간하지 않았던 직전과 달리, 이번엔 분명하게 수하들을 향한 공격이었다.

금빛 광채가 황룡성 위로 쏟아졌다. 안 그래도 위태위태하던 배리어가 모조리 깨져 나갔다. 그 사이로 찢기고 탄화된 인간의 조각들이 소멸되어 사라졌다.

소림의 절예로부터 피어난 금색 광채는, 이미 핏빛으로 물든 지 오래였다.

콰드드드!

황룡성 본관이 무너져 내렸다. 파괴의 폭풍이 천무맹의 심장부를 난도질했다. 노사 본인이 심혈을 기울여 가꾸고 일구어 온 모든 것이, 너무나도 허무하게 소멸하고 있었다.

"이것이 끝이란 말인가."

현재진행형의 지옥도 속에서 무백노사는 고독했다. 핏방울 하나 묻지 않은 손아귀에서 진득한 피 냄새가 느껴지는 듯했다.

살아만 있다면 다시 시작할 수 있다.

노사는 그 사실을 이미 수백 년 전, 순천자에게 당했을 때 뼈저리게 깨달았다.

그때와 같은 선택을 하면 된다. 또다시 달아나 후일을 기약하면 된다. 극단적으로는 적시운을 비롯한 적들이 모조리 늙어 죽을 때까지 기다리는 것도 한 방법이 될 터였다.

"혹은……."

남아 있는 모든 것을 쏟아내어 맞서거나.

"……."

무백노사는 머릿속이 명료해짐을 느꼈다.

모든 것을 잃었기에 무엇이든 할 수 있다.

기묘한 역설 앞에서 무백노사는 웃었다.

"그렇단 말이지……!"

제52장
마신강림

1

　지하 도시의 바깥, 신북경의 상공.

　삭월과 아미타불을 비롯한 함대는 이미 목적지에 도착한 상태였다.

　원래 계획은 조금 더 기다려 적시운과 합류, 천무맹과의 마지막 결전을 치르는 것이었다. 하지만 상황이 이를 허락하지 않았다. 돌연 신북경의 대지가 들썩였던 것이다.

　쿠구구구……!

　대지가 위아래로 요동치더니 거대한 원 모양의 균열이 생겨났다. 이윽고 안쪽을 향하여 지반이 함몰되기 시작했다.

"아……!"

함선 내의 모두가 경악한 채 바라보는 가운데, 반경만 해도 족히 수십 m에 달하는 싱크홀이 만들어졌다.

남궁혁은 마이크에서 입을 뗐다. 조금 전까지만 해도 지하 도시의 확성기를 통해 진실을 토해내던 그였다. 오른 손아귀가 반사적으로 허리춤의 복룡을 움켜쥐었다.

"가 봐야겠소."

-멈추게. 조금만 기다리면 적시운 님께서 오실 걸세.

"먼저 가 보겠소. 그 사내야 뒤따라오면 그만이잖소?"

순천자는 대꾸하지 않았다. 딱히 남궁혁을 저지할 만한 말이 떠오르지 않았던 것이다. 사실 하나가 있긴 했으나, 그건 역효과만 나올 게 분명했다.

'그는 자네보다도 강하네.'

사실 지금 누구보다도 경악하고 있는 이는 다름 아닌 순천자였다. 무백노사의 무위가 과거와는 비교도 할 수 없을 만큼 진보한 까닭이다.

'사형은 전성기의 본인이나 나보다도 강하다.'

육체의 노화를 감안한다면 실로 놀랄 일이었다. 물론 격체신진술을 이용해 육체를 갈아탔다지만 현재의 몸뚱이 또한 결코 강건하다고는 할 수 없지 않은가.

백진율과 비교한다면 뒤처질 테지만 그렇더라도 초절정의

고수인 건 사실.

엄밀히 말해 현 천마신교와 천무맹을 통틀어 노사를 압도할 자는 적시운 한 명뿐이라 봐도 좋았다.

'하지만……'

도저히 남궁혁을 말릴 수가 없었다. 이 순간 소모되는 촌각마다 셀 수 없이 많은 이가 죽어 나갈 것이기에.

-백호전 무사들을 모두 데리고 가게. 원한다면 우리 측 전투원들도 지원해 주겠네.

"필요 없소. 섞여봐야 반발만 심할 거요."

-무운을 빌겠네. 사형을, 무백노사를 죽이겠다는 일념보다는 시간을 벌겠다는 생각으로 싸우게.

말해선 안 된다고 생각하면서도 결국 그렇게 말해버렸다.

순천자의 말뜻을 알아들은 남궁혁의 미간이 미세하게 굳었다.

"나는 내 방식대로 싸울 따름이오."

-무인으로서의 자존심을 건든 것은 사과하지. 하지만 자네의 선조는 결코 얕잡아 볼 수 없는 사내일세.

"그렇다는 것쯤은 누구보다도 잘 알고 있소. 시간이 촉박하니 이만 실례하리다."

딱딱하게 대꾸한 남궁혁이 지휘실 밖으로 향했다.

엘레노아는 만감이 교차하는 걸 느끼며 그 뒷모습을 바라봤다.

"괜찮을까요?"

-그러길 바라는 수밖에 없겠구나.

"우리가 어떻게 지원할 수는 없을까요?"

-아무래도 힘들 것 같다. 지하 도시의 시민이 모두 대피한 상황이라면 또 모르겠지만……

화력을 퍼붓는 건 미친 짓. 결국 정예 병력을 투입해 피해를 최소화하며 무백노사를 쓰러뜨리는 게 답이었다. 노사 본인도 그 점을 알고 있을 테고.

-만약 사형이 그 점을 역이용하려 든다면…….

오늘 신북경 지하 도시는 멸망하게 될지도 모른다.

순천자는 이어지는 말을 도저히 꺼낼 수가 없었다.

콰콰광!

이미 반쯤 붕괴된 황룡성 본관 위로 폭염이 작렬했다. 백화점 크기의 건물을 관통해 들어간 것은 포탄도 미사일도 아닌 한 명의 인간.

무백노사는 단번에 지하층으로 파고들어 갔다.

천장을 뚫고 내려오니 보이는 것은 갖가지 의학 장비와 기계

장치. 천무맹 중앙 연구동이었다.

본관이 붕괴 직전인데도 별도의 발전기를 사용하는 까닭에 전력이 유지되고 있었다.

"순천자……"

무백노사가 짐승처럼 으르렁거렸다.

"그때와는 다르다. 네놈에게 무력하게 당해야 했던 그날과는 다르다!"

노사는 유리문을 부수고서 성큼성큼 안으로 들어갔다. 연구동에 남아 있던 소수의 연구원이 노사를 보고는 새하얗게 질렸다.

"제, 제발 목숨만은……!"

무백노사가 손아귀로 허공을 움켜쥐었다. 허공섭물의 묘리. 희게 질려 있던 연구원들의 낯빛이 삽시간에 새파래졌다.

"켁. 케에엑……!"

"끄으으!"

목을 부여잡고서 껙껙거리던 연구원들이 풍선 빠지는 소리와 함께 고꾸라졌다. 노사는 그들에게 시선 한번 주지 않은 채 말없이 걸음을 옮겼다.

순천자는 러시아 정부의 로봇공학 기술을 통해 안드로이드 육체를 얻었다.

반면 무백노사가 관심을 가졌던 쪽은 생체공학. 그중에서도 육체를 대상으로 한 기술이었다.

이를 위해 무백노사는 긴 시간과 막대한 자금, 그리고 측량하기 어려운 노력을 기울였다.

일제와 나치의 생체 실험 기록은 물론, MK 울트라라고 명명된 옛 CIA의 마인드 컨트롤 실험에 이르기까지.

인간을 대상으로 한 거의 모든 역사적 실험의 자료를 수집해 놓은 것은 기본, 나아가 직접 생체 실험을 지시하기도 했다.

그 목적은 단 하나. 최강의 육체를 얻기 위함이었다.

그리고 백진율은 그 프로토타입이라 할 수 있었다. 수천 명에 이르는 대리모를 이용해 유전적으로 가장 뛰어난 아이들을 잉태하게 한 후, 재차 수차례의 선별을 통하여 두 자릿수로 압축시켰다.

이렇게 선택받은 아이들에게 각종 시술과 약물을 총동원해 궁극의 체질을 구축시켰다.

그 과정을 버티지 못해 아이의 대부분이 사망. 혹독한 육체적 단련까지 가해지고 나니, 최종적으로 남게 된 것은 한 명의 아이뿐이었다.

그것이 바로 백진율.

하지만 그조차도 천마라는 벽을 넘지는 못했다. 도저히 받아들이고 싶지 않았으나, 그게 바로 현실이었다.

그렇다면 무백노사의 대계(大計)는 실패한 것인가?

"아니, 아직은 아니다!"

고작 체질을 개선시키는 약물이나 시술 따위를 위해 생체실험을 감행했던 게 아니다. 마후라가나 나가들을 만들어낸 이면엔 보다 큰 계획이 존재했던 것이다.

이계의 마수, 가루다는 무백노사에게 하나의 거대한 가능성을 제시해 주었다.

인(人)과 마(魔), 그 두 가지 존재의 융합.

바로 그것이었다.

"긴 시간이었다."

무백노사가 우뚝 걸음을 멈추었다. 수 겹의 초합금 차폐문 너머로 손가락 굵기의 유리병이 보였다.

백진율을 길러낸 방식과는 전혀 별개의 방법. 그로부터 탄생한 궁극의 생명체. '마인(魔人)'을 만들어내는 혈청이 그곳에 있었다.

"네놈들은 넘어선 안 될 선을 넘고야 말았다."

이미 패색이 짙은 상황. 그러나 이대로 달아난다 해도 적시운과 마교 놈들을 따돌릴 수 있으리란 보장이 없었다. 그리고 무엇보다도, 더 이상은 달아나고 싶지 않았다.

"노부를 극단까지 몰아붙인 것은 네놈들이란 말이다."

마수화 혈청은 아직 미완성 단계에 있었다. 마후라가와 같은 프로토타입들이 제법 효용을 보이긴 했으나, 노사의 기대치를 완전히 충족시키기엔 무리였다.

그 후로 수차례 개량을 거듭하여 만들어진 것이 차폐문 너머의 유리병 속 내용물, 제72차 마수화 혈청이었다.

100여 차례 가까이 계속된 생체 실험 중 단 한 번 나왔던 성공 사례. 실험체는 더블 S급 마수의 힘을 손에 넣었으나 5분 만에 육체가 폭주함으로써 자멸하고 말았다.

당시 사용된 공식대로 혈청을 재생산, 위험 요소를 최대한 줄이는 방향으로 개량하였으나 생체 실험을 거치진 않았다. 만약 성공한다 치면 그건 그것대로 위험했기 때문이다.

결국 72차 마수화 혈청은 사용되지 않은 채 냉동 보관되었다. 유출의 위험성이 있었기에 최종적으로 남은 것은 저 유리병 안의 소량뿐.

천무맹의 존망이 걸린 위기 상황이 아니고선 빛을 볼 일은 없을 거라고, 무백노사는 생각해 왔다.

"노부를 이렇게까지 하게 만든 건 네놈들이다."

무백노사는 차폐문 옆 패널 위에 손을 얹었다. 지문 인식이 이루어지자마자 차폐문이 좌우로 열렸다.

"특히나 그중에서도 네놈, 적시운!"

무백노사는 성큼성큼 안으로 들어갔다. 뼛속까지 파고드는 한기도 노사가 발하는 증오심과 분노 앞에선 녹아내리는 듯했다.

"꼬리를 말고 달아나느니…… 명운을 걸고 승부 하는 길을 택하겠다."

노사의 망막 위로 보랏빛 혈청이 비쳤다.

"나는 곧 죽음의 신이요, 세상의 파괴자이니."

유리병 안의 내용물이 주사기로 옮겨졌다. 보랏빛을 띤 액체는 이윽고 주름진 팔뚝의 정맥 안으로 흘러들었다.

"너희 모두는 울부짖으며 절망할지어다."

[느꼈는가?]

별안간 튀어나온 천마의 질문에 적시운은 고개를 끄덕였다.

"그래."

그에게 있어선 어느 정도 낯익은 느낌이었다. 이전에도 이와 비슷한 느낌을 두어 번 받아본 적이 있었으니까.

"황혼의 순례자…… 그리고 아라크네."

분명했다. 그때 온몸에 와 닿던, 명료하게 표현하기 힘든 어떠한 느낌과 거의 동일했다.

다만 차이가 있다면, 두 경우를 아득히 뛰어넘을 정도로 강렬하다는 것이었다.

그 기운이 조금 전, 서쪽으로부터 느껴졌다. 적시운이 향하고 있는 방향, 신북경 지하 도시가 있는 곳이었다.

"갑자기 신북경에 차원 게이트가 튀어나오기라도 한 건가?"

말도 안 되는 일이란 생각이 들었으나 단정 지을 수는 없었다. 무슨 일이 일어나더라도 이상하지 않을 것이 지금의 세계였으니.

"괜한 여유를 부린 것인지도 모르겠어."

적시운은 미간을 구기며 중얼거렸다. 무백노사에게 반격의 빌미를 제공한 게 아닐까 하는 불안감이 뇌리를 엄습했다.

[자네가 소모한 시간은 반 다경도 되지 않네. 곧장 이곳으로 왔더라도 크게 달라지는 건 없었을 걸세.]

"……일단은 순천자와 합류해야겠어."

짤막히 대화하는 사이에 신북경에 다다랐다. 적시운은 상공에 대기 중이던 삭월에 탑승했다.

"조금 전에 발생한 기운, 당신도 감지했어?"

단도직입적인 질문에 순천자는 얼떨떨한 반응을 보였다.

-좀 더 구체적으로 말씀해 주시겠습니까?

"이곳…… 아마도 신북경 내부일 테지. 지하로부터 거대한 기운이 느껴졌어. 대재앙급, 아니, 그 이상 가는 마수의 기운이."

적시운의 말에 모두들 경악을 금치 못했다. 그들의 역량으로 감지하기 힘든 기운임을 감안한다면 당연한 반응이었다.

-이온 에너지 검출 장치로 확인해 본바, 차원 게이트의 반응은 없었습니다.

"이차원에서 마수가 나타난 건 아니라는 소리군."

-외람된 질문이나…… 혹 착오가 있었던 것은 아닌지요?

"절대 아냐."

적시운은 딱 잘라 말했다.

"저 아래에, 대재앙급 마수마저 초월한 존재가 있어."

그 느낌을 굳이 비유로써 표현하자면 환골탈태를 하는 기분과 비슷하다고 해야 할 터였다. 혈청이 정맥을 타고 몸을 휘돌아 심장에 다다른 순간, 무백노사는 육체가 송두리째 찢겨 나가는 것을 느꼈다.

처음엔 오직 고통뿐. 그러나 격통은 이내 환희로 바뀌었다.

파괴 뒤에 창생이 오듯, 노사의 육체는 새로이 태어났다. 그 과정은 노사 본인의 지성으로도 이해할 수 없었다.

그러나 한 가지만큼은 확실히 알 수 있었다.

바로 지금, 이 자리에.

"마신이 강림했도다."

2

쿠르르르.

희미한, 그리고 불길한 진동.

게이트를 통해 지하 도시에 진입 중이던 백호전 무사들을 흠칫 몸을 떨었다.

저 아래에 그가 있다. 한때 그들의 보금자리였던 곳에, 그들의 영도자였던 이가.

무백노사.

그들이 죽여야 할 존재였다. 한때는 천무맹이라는 집안의 큰 어른이었던, 그러나 지금은 괴물이 되어버린 광인.

무사들은 새삼 자신들의 임무를 되새기고는 긴장했다. 그럼에도 그들이 전진할 수 있는 것은 자신들의 선두에 남궁혁이 있기 때문이었다.

"……."

남궁혁은 수하들이 겁먹었음을 알고 있었다. 형언하기 힘든 공포와 불안 속에서, 오로지 자신만을 등대처럼 바라보며 따르고 있다는 것도.

평소였다면 그럴싸한 말로 그들을 독려했을 것이다. 하지만 지금만큼은 어떠한 격려의 말도 떠오르지 않았다. 오히려 자신이 그런 말을 듣고 싶다는 나약한 생각마저 들 정도였다.

쿠구구구······!

재차 찾아오는 도시의 진동. 내부 터널의 끝이 보였다. 출구를 넘어서면 언제나 봐왔던 익숙한 전경이 나타날 것이었다.

그러나 터널 밖은 어두컴컴했다.

"······!"

천장과 도로 곳곳에 배치되어 항시 지하 도시를 밝혀주던 조명등이 모조리 꺼져 있었다.

빛이 쏟아지는 곳은 한 곳뿐. 아이러니하게도 무백노사에 의해 생겨난 거대한 구멍으로부터 빛살이 떨어지고 있었다.

그 아래의 도시는 혼란의 도가니였다. 전력이 차단된 건물 밖으로 빠져나온 사람들의 비명과 고함이 무사들의 귀를 괴롭혔다.

수십만의 인구가 패닉 상태에 빠졌다. 그러한 도시의 어딘가에 아직 무백노사가 살아 숨 쉬고 있다.

아찔한 기분에 남궁혁은 이를 악물었다. 하지만 수하들과 달리 그는 한순간도 멍청히 있을 수가 없었다.

"노사는 필연적으로 복수에 착수하려 할 것이다."

입을 여니 다행히 말이 술술 흘러나왔다.

"현 시간부로 전원 흩어져 각각의 대피용 벙커로 향한다. 먼저 노사를 발견하는 이가 신호를 보내도록."

"예······ 전주!"

무사들이 가까스로 대꾸하고는 신형을 날렸다. 그러나 남궁혁은 그들과 달리 벙커를 찾아 움직이진 않았다. 따로 확인해야 할 것이 있었던 까닭이다.

'전력 공급이 끊어진 원인이 있을 것이다.'

신북경과 같은 초대형 지하 도시는 여러 개의 전력 공급원을 보유하고 있다. 더불어 그중 하나가 파손되거나 불능이 되더라도 나머지 공급원이 충당할 수 있게끔 설계가 갖춰져 있었다.

단순히 몇 군데에서 폭발이 일어났다고 도시 전체가 정전될 순 없었다. 설령 정전이 되더라도 순차적으로 되지, 지금처럼 한꺼번에 불이 나간다는 건 말이 안 됐다.

'이런 일이 가능한 경우는 하나뿐.'

남궁혁의 시선이 도시의 중앙으로 향했다. 모든 발전기로부터 발생한 전력이 한 번은 거쳐야 하는 지점. 중앙 전력 처리 장치가 자리한 장소였다.

'노사는 그곳에 있을 것이다.'

반드시 그렇다고 확신할 순 없었다. 하지만 가능성이 상당히 높은 것은 사실.

지금이라도 수하들을 부를까 싶었지만 남궁혁은 관두었다. 그들을 불러들이는 건 시체를 늘리는 일밖에 되지 않는다는 걸 알고 있었기에.

"……."

남궁혁은 도시의 한복판을 향해 신형을 날렸다.

어둠에 잠긴 도시는 아비규환 자체였다. 사람들이 쏟아내는 비명은 지옥에 온 것 같다는 착각마저 불러일으켰다.

우우우웅.

그러한 혼란 속에서도 희미하게 느껴지는 진동. 기감이 아닌 육감으로 느껴지는 떨림이 남궁혁의 심장을 흔드는 듯했다.

우뚝.

그가 걸음을 멈춘 곳은 도시 중앙의 광장이었다. 본디 멋들어진 분수대와 시계탑 따위가 곳곳에 자리한 평화로운 장소였으나, 지금은 뛰쳐나온 시민들의 불안과 공포만이 가득할 따름이었다.

남궁혁은 인파를 헤치며 광장의 중심으로 걸어갔다. 마음 같아선 모두들 이곳을 떠나라고 소리치고 싶었으나 그럴 수가 없었다. 이런 어둠 속에서 그런 소리를 쳐 봐야 혼란만 가중될 게 뻔했기에.

중앙 처리 장치는 분수대 아래로 50여 m를 파고 내려간 지하에 존재했다.

마음 같아선 단번에 땅을 부수고 들어가고 싶었으나 이 역시 함부로 저지를 수가 없었다.

우뚝.

남궁혁이 돌연 걸음을 멈췄다. 분수대 난간에 기대고 있는 남성을 보고 난 직후였다.

많이 쳐줘 봐야 20대 후반일 청년이었다. 어두운 시야도 초인적 안력을 지닌 남궁혁에겐 별 의미가 없었고, 그렇기에 청년의 외모도 자세히 살펴볼 수 있었다. 그렇기에 놀란 것이었고.

"……!"

짧은 순간 남궁혁은 도플갱어를 만난 건가 하는 착각마저 느꼈다. 청년의 모습이 마치 거울을 보는 것처럼 자신과 닮아 있었기에.

"이렇게 보니 확실히 닮기는 했군. 피는 속이지 못한다는 걸지도 모르겠구먼."

남궁혁은 잠시 후에야 그것이 청년의 음성임을 깨달았다. 젊다는 게 확연히 느껴지는 목소리에 어울리지 않는 고루한 말투. 전체적으로 낯설면서도 낯익은 섬뜩한 느낌이었다.

청년이 난간에서 손을 뗐다. 그 순간 어둠만이 가득하던 도시 전역에 불이 들어왔다. 사람들은 갑작스러운 빛에 고개를 틀거나 눈을 가렸다.

"당신이……!"

남궁혁이 입을 뗐다. 빛살 아래 드러난 청년의 외모는 놀랍도록 남궁혁과 닮아 있었다.

"다시 태어나느라 힘을 좀 빼서 말이지. 부득불 다른 데서 끌어다 쓸 필요가 있었네."

"그래서…… 지하 도시의 전력을……?"

"옛날이었다면 상상도 못 했을 일이지. 하지만 지금은 가능하다네. 노부 스스로 생각하기에도 너무나 크게 변해 버렸거든."

선선히 웃는 청년. 그와 반대로 남궁혁의 얼굴은 시시각각 일그러졌다.

"긴장한 것처럼 보이는구먼, 창궁검왕."

"이제는 더 이상 인간이…… 아니로군."

"그렇게 생각하는가?"

남궁혁은 경직된 얼굴로 청년을 노려봤다. 오른손 끝은 조심스럽게 복룡의 손잡이로 향하고 있었다.

"대체 무슨 짓을 한 것이오?"

"선택을 했지. 비굴하게 달아나거나 목숨을 걸고 맞서 싸우거나, 둘 중 하나를 택해야 하는 갈림길 앞에서."

청년이 난간에서 손을 떼고는 한 걸음을 내디뎠다. 남궁혁은 자기도 모르게 한 걸음을 물러났다.

"그리고 성공했네."

"성공…… 이라고?"

"노부는 힘을 얻었네. 일찍이 그 누구도 얻지 못한 힘을, 저 천마조차도 취하지 못했던 궁극의 힘을 말일세."

청년의 눈동자가 푸른색으로 빛났다. 보석처럼 영롱하긴 하나 인간의 생기는 느껴지지 않는 눈빛이었다.

"자네들이 노부를 이렇게 만든 걸세."

"……."

남궁혁은 복룡의 손잡이를 움켜쥐었다. 청년은 여유로운 미소로 그 모습을 바라봤다.

"뽑게나. 천무맹 12강의 으뜸이라 할 수 있는 제왕검의 신묘함을 선보이게."

"무백…… 노사!"

"귀 먹지 않았으니 그리 소리 지를 것도 없네. 알맹이가 늙은이라고 몸뚱이까지 그러겠는가?"

"당신은 대체 무엇이 되어버린 것이오?"

"뻔한 질문을 하는구먼."

청년, 더 이상은 노사라 불릴 수 없는 모습이 된 무백이 말했다.

"노부는 신이 되었다네."

동백 연합과 데몬 오더를 태운 함대가 신북경 상공에 다다랐다.

적시운은 각 기함의 지휘실과 연결하여 지시를 내렸다.

"우선은 나 혼자 돌입하겠어. 무백노사를 지상으로 끌어낼 테니, 모두들 현 위치에서 전투 준비를 끝내도록 해."

"시운 님 혼자만 재미를 보시려고요?"

밀리아가 평소처럼 농담을 던졌으나 적시운은 받아주는 대신 고개를 저었다.

"그리 쉬운 싸움은 아닐 거야."

"네?"

"길게 설명할 시간이 없어. 난 지금 바로 출발할 테니 나머지는 순천자에게 듣도록 해."

말을 마친 적시운이 기함 밖으로 향했다. 모두들 어안이 벙벙한 가운데 순천자가 운을 뗐다.

-이렇게 뵙는 건 처음이구려. 천마신교의 대장로이외다. 순천자라 불러주시면 고맙겠소.

"저…… 첫 만남에 죄송한 질문이지만, 어느 분께서 말씀하시는 거죠?"

-피치 못할 사정으로 육체를 잃은 상황이라오. 그래서 여러분께 모습을 보이지 못하는 점, 양해 바라겠소.

안 그래도 얼떨떨한 얼굴들이 한층 멍해졌다. 순천자는 내심 쓴웃음을 지었으나 자세히 설명할 여유가 없었다.

"우선 한 가지만 묻지. 적시운이 말한, 쉽지 않은 싸움이 되리라는 말은 무슨 의미지?"

그렉의 질문에 모두의 시선이 집중됐다.

-여러분이 무백노사라고 알고 있는 인물이 현재 신북경 지하 도시 내에 자리 잡고 있다는 건 다들 아실 것이오.

"그건 곧 민간인들이 전투에 휘말릴 수도 있다는 의미로군요. 선배의 말도 그런 뜻인가요?"

-애석하게도 그렇지가 않다오, 차수정 양.

순천자의 대답에 차수정이 움찔했다.

"선배가 저에 대해 얘기해 주셨나요?"

-'뇌신'에 저장된 귀하의 기록을 열람했다오. 시간이 촉박하여 어쩔 수 없었으니 이해해 주시구려.

뇌신은 데몬 오더를 태우고 온 비행선의 코드네임이었다. 쥐도 새도 모르게 비행선의 정보망을 해킹당했다는 뜻이었으나 정말 경악할 일은 따로 있었다.

-적시운 님의 말씀에 따르면, 조금 전 대재앙급마저 초월한 마수가 신북경 지하 도시에 나타났소.

"……!"

-그러나 차원 게이트의 반응은 검출되지 않았소. 다시 말해, 이차원으로부터 마수가 나타난 것은 아니라는 말이오.

"대체 그게 무슨 뜻입니까?"

임성욱의 질문은 곧 모두의 질문이기도 했다. 순천자 본인도 포함하여.

-나 역시 정답은 알지 못하오. 다만…… 매우 가능성 높은 추측 정도는 할 수 있겠지.

"그건 무슨 뜻입니까?"

-천무맹과 중국 정부는 오랜 세월에 걸쳐 유전 공학에 집중해 왔소. 그중에서도 으뜸인 것은 마수와 인간 간의 이종 융합에 대한 연구였지.

"이종…… 융합?"

-그렇소. 마후라가와 나가들의 경우를 생각해 보시면 될 거요.

인간과 마수의 유전자를 뒤섞는 실험. 듣는 것만으로도 섬뜩해지는 이야기에 사람들의 낯빛이 창백해졌다.

-그 궁극적인 목적은 하나. 최강의 생명체를 만드는 데 있었소.

"설마……!"

-만약 궁지에 몰린 사형이, 무백노사가 극단적인 선택을 감행한 것이라면…… 그리고 그게 성공한 것이라면.

순천자는 잠시 침묵하다가 말을 이었다.

-우리는 상상도 못 한 괴물과 조우하게 될 것이오.

신이 된 인간. 누군가 그런 말을 진지하게 지껄인다면 남궁혁은 냉소로써 화답할 것이었다. 나잇값 못하는 인간이라는 핀잔과 함께.

하지만 지금, 무백의 선언 앞에서는 도저히 비웃음이 떠오르질 않았다. 반감보다도 강하게 다가오는 전율 때문에.

쿠구구구구.

청년 무백을 중심으로 도시 전체가 진동하기 시작했다. 가까스로 안정을 찾으려던 사람들은 흔들리는 건물들을 보며 패닉에 빠졌다.

"큭!"

남궁혁은 복룡을 뽑아 들었다. 더 이상 멍청히 있을 수만은 없었다. 신이 되었든 괴물이 되었든 간에 눈앞의 사내를 죽여야만 했다.

"오게나."

무백이 웃으며 손짓했다.

"선수는 양보함세."

"타앗!"

무백의 말이 끝나기도 전에 남궁혁은 이미 신형을 날리고 있었다. 십이성 공력의 창궁뇌륜쇄가 무백을 향해 섬전을 토했다.

3

파르르릑!

뇌전에 휘감긴 남궁혁의 신형은 초음속의 영역에 있었다. 신경계와 오감 또한 그에 맞춰져 주변 공간이 슬로우 모션으로 느리게 흘러가고 있었다.

육체와 정신이 완벽한 상태에 이르렀을 때 나타나는 현상.

지금의 남궁혁은 본인의 무위를 아낌없이 선보이고 있었다.

혀를 차는 소리가 뇌리를 때린 것은 바로 그 순간이었다.

-어리석기 짝이 없군. 무고한 시민들을 몰살하려는 셈인가?

"……!"

촌각의 틈을 파고드는 목소리. 전음보다는 텔레파시에 가까운 메시지였다.

남궁혁은 그제야 자신이 무슨 짓을 했는지 깨달았다.

창궁뇌륜쇄는 그가 펼칠 수 있는 최강의 초식. 그 여파만으로도 주변을 쑥대밭으로 만들기에 충분했다. 자칫하면 광장 전체가 붕괴되어 버릴 터. 수많은 이가 죽으리란 생각에 뇌리를 스쳤으나 남궁혁으로선 이미 돌이킬 수가 없었다.

이미 제왕검강은 터져 나왔으며 육체 또한 시위를 떠난 화살과 마찬가지였기에. 그저 희생자가 적기만을 바랄 수밖에 없었다.

'용서를 빌진 않겠다.'

다만 이 괴물만은 확실히 소멸시키겠노라고 약속할 따름.

남궁혁은 검격에 박차를 가했다.

'하아앗!'

팟!

창궁뇌륜쇄가 목표물에 다다랐다. 검신에 담긴 강기가 총열 속 탄환처럼 격발되어 터져 나오게 될 터. 뇌전을 머금은 검강이 사방을 찢어발기며 날뛰게 될 것이었다.

그러나 그것이 실현되는 일은 없었다.

"……!"

검극으로부터 뿜어져 나온 뇌전과 강기가 허공에 속박되었다. 마치 시커먼 뇌운을 투명한 유리 구 안에 가둔 것 같은 모습. 절초라는 이름이 무색하게도 창궁뇌륜쇄의 기운은 무백에 의해 손쉽게 붙들려 버렸다.

"어리석기 짝이 없구나."

무백이 냉소하며 말했다.

"남궁가 삼십육절예의 모든 것이 노부의 머릿속에 있거늘, 남궁가의 검으로 노부에게 맞서려 했단 말이더냐?"

"큭……!"

"더군다나 조금 전에도 보았을 게 아니냐. 노부는 이 도시의 전력을 흡수하여 힘을 보충했다. 그 사실이 의미하는 바를 모르진 않을 텐데도 뇌공을 기반으로 한 검초로 덤벼들다니."

무백이 고개를 저으며 혀를 찼다. 적을 상대한다기보다는 실수를 저지른 아이를 훈계하는 듯한 태도였다.

"창궁검왕이니 백호전주니 많이들 띄워주었다만 너는 결국 그 정도밖에 안 되는 아이였던 모양이구나."

"닥쳐라!"

복룡을 끌어당긴 남궁혁이 다음 공격에 들어갔다. 다만 조금 전의 실책이 있는 만큼 검격에 뇌기를 싣지는 않았다.

"그 또한 얕은 생각이로다."

무백이 손을 뻗었다. 허공에 붙들려 있던 창궁뇌륜쇄의 기운이 요동치기 시작했다.

뇌전의 기운은 이윽고 청룡의 형상으로 화했다.

쿠르르릉!

포효하듯 뇌성을 터뜨린 청룡이 한차례 똬리를 틀더니 스프링처럼 튀어 올랐다. 그리고 남궁혁을 향해 쇄도했다.

"큭!"

기겁한 남궁혁이 황급히 손목을 틀었다. 무백에게 짓쳐 들려던 검의 궤도가 수정되어선 청룡을 향했다. 원래는 자신의 것이었던 기운을 향해.

결과적으로 무백을 향한 모든 행동이 자살 특공이 되고 말았다. 남궁혁으로선 땅을 치며 후회할 일이었으나, 이미 돌이키기엔 늦고 말았다.

번쩍!

푸른 섬광 뒤로 거대한 폭발이 일었다. 중앙 광장의 절반 가까이가 소멸할 정도의 위력. 사실상 남궁혁의 모든 기력이 소모된 폭발이었다.

쿠구구구구!

강력한 열기류가 지하 도시의 거리 위로 치달았다. 건물들이 흔들리고 무너져 내리는 가운데 찢기거나 증발된 사람의 파편이 낙엽처럼 흩날렸다.

적시운이 지하 도시에 접어든 것은 바로 그 시점이었다.

"제길."

폭심지를 찾아내는 건 어렵지 않았다. 적시운은 내심 욕설을 중얼거리며 신형을 날렸다.

쿠구구구.

시커먼 연기와 불길이 적시운을 맞았다. 단번에 헤치고서 들어가려니 돌연 무언가가 날아들었다. 걸레짝이 다 된 남궁혁의 몸이었다.

"······."

염동력으로 받아내고는 주변의 흑연을 날려냈다.

검은 연기가 걷히며 폭심지의 모습이 나타났다. 거대한 크레이터 한가운데에 홀로 서 있는 사내. 남궁혁과 흡사하게 생긴 모습이 아니더라도 정체를 유추하는 건 간단했다. 애초에 결론은 하나뿐이었기에.

"무백노사……."

"적시운."

차가운 미소를 짓던 무백이 돌연 표정을 굳혔다. 적시운을 노려보는 눈동자가 파충류의 그것처럼 세로로 압축되었다.

"네놈에게 고마워하는 순간이 오게 될 줄은 몰랐구나."

"고맙다고?"

"그렇다. 네놈이 아니었다면 노부가 신의 영역에 들어서는 일도 없었겠지."

무백이 떨쳐 내듯 손을 휘둘렀다. 부채꼴의 형상을 한 초대형 뇌격이 적시운을 향해 쇄도했다.

적시운이 그렇듯 이미 무공의 격과 식을 초월한 공격이었다. 적시운은 남궁혁을 뒤쪽으로 보내는 동시에 주먹을 뻗었다.

뇌격과 권격이 충돌하며 지하 도시의 대기를 흔들어 놓았다.

쿠구구구……!

잇따른 충격으로 인해 도시의 천장 곳곳이 무너져 내렸다. 발전기에도 문제가 생긴 듯 도시 전역이 깜빡거렸다.

"크, 으으윽……!"

널브러져 있던 남궁혁이 힘겹게 몸을 꿈틀거렸다.

"헉!"

오른팔로 땅을 짚으려던 그가 돌연 헛숨을 토했다. 팔꿈치 살을 뚫고 튀어나온 척골이 덜렁거렸다. 남궁혁은 결국 상체조차 일으키지 못한 채 경련했다.

단 일격에 만신창이가 되어버린 몸뚱이. 몸을 뒤집어 누운 그의 눈빛에 절망만이 가득했다.

"그래도 숨은 붙어 있나 보군."

"적…… 시운."

"정신 차렸으면 튀어. 가능하면 사람들도 좀 구출하고."

"……그게 의미가 있다고 생각하나?"

전의를 상실한 듯 멍하니 반문하는 남궁혁.

적시운은 왈칵 짜증이 났다. 저런 반응을 보이는 게 이해가 안 되는 건 아니다. 하지만 그렇다고 자상하게 들어줄 생각 따윈 없었다.

"의미가 있는지 없는지는 일단 해봐야 아는 거지. 거기 드러누워서 생각할 게 아니라."

"나 하나가 발버둥 친다고 뭐가 달라질까? 어차피 이곳의 모두가 죽게 될 텐데?"

"한 대 처맞더니 쫄보가 다 됐군."

"너는 저자의 힘을 경험해 보지 않아서 그런 소릴 할 수 있는 거다!"

"미안하지만 더한 것도 경험해 봤어."

"너는……!"

"좀 닥치지?"

냉기 가득한 적시운의 한마디에 남궁혁이 이를 악물었다.

"어디서 거울이라도 구해서 들여다봐. 잔뜩 겁먹은 머저리가 하나 있을 테니."

"……."

"사십 줄의 아저씨가 겁먹고선 징징대는 걸 일일이 들어줄 여유 따윈 없어. 그러니까 선택해. 등신처럼 멍 때리다 뒈지거나, 당신이 할 수 있는 일을 하거나!"

적시운은 고개를 돌리고서 짤막히 덧붙였다.

"백도무림의 일원이란 자각이 있다면."

"……!"

눈을 부릅뜬 남궁혁이 이를 악물고서 몸을 세웠다. 내상이 상당했던 탓에 간단한 동작만으로도 이마가 흥건히 젖었다.

"버러지처럼 꿈틀대는 모습이 처량하구나."

냉소를 머금은 무백이 갑자기 오른팔을 털었다. 창궁뇌륜쇄를 가벼이 압도하는 권강이 남궁혁을 향해 날아들었다.

"어딜."

권강 앞으로 쇄도한 적시운이 권격으로 맞섰다.

번쩍!

눈부신 섬광과 함께 주변 공간으로 폭풍이 몰아쳤다.

"홍."

무백은 왼팔을 가볍게 저어 연기를 걷어냈다. 순간 그의 후방으로부터 적시운의 신형이 날아들었다.

쾅! 쾅! 쾅! 쾅!

빠르게 이어지는 권격 공방. 연신 터져 나오는 충격파에 남궁혁은 몸을 주체하지 못하고 땅을 굴렀다.

"크……!"

남궁혁은 간신히 고개를 들어 피와 침, 흙과 콘크리트가 뒤섞인 불순물을 뱉어냈다.

대뇌를 억누르는 좌절감은 여전한 상태. 그러나 조금 전과는 달리 애써 몸을 일으켰다. 적시운이 내뱉은 한마디 때문이었다.

"나는 백도무림의 무인, 천무맹의 백호전주다."

스스로에게 들려주듯 중얼거린 남궁혁이 찢긴 웃옷으로 삼각건을 만들어 오른팔을 동여맸다.

자신의 힘으로 무백을 쓰러뜨린다는 게 불가능하다는 건 인정한 바. 하나 그렇다고 그가 할 일이 없는 것은 아니었다.

"내가 할 수 있는 일을 하겠다."

[강하군.]

천마의 어조에서 희미한 경악이 묻어났다.

[환골탈태를 겪더라도 이렇게까지 강해지진 않았을 걸세.]

'그 이상의 육체 변형을 겪었을 테니까.'

마음속으로 대답하는 적시운의 코앞으로 강기가 날아들었다. 피하기엔 늦었기에 적시운은 호신강기를 믿고서 박치기를 날렸다.

쾅!

막대한 충격과 함께 적시운의 신형이 허공을 갈랐다. 스쳐 지나간 건물들의 창문이 와장창 깨져 나갔다.

"쳇!"

내공뿐 아니라 염동력까지 발휘해 간신히 몸을 정지시켰다. 연이어 위험 신호를 보내오는 오감. 적시운은 숨 돌릴 틈도 없이 전방으로 신형을 쏘았다.

아슬아슬한 시간 차로 무백의 주먹이 적시운의 등허리를 스쳤다.

간신히 돌아온 반격의 기회. 적시운은 곧장 신형을 반전하고서 짓쳐 들었다.

그것을 본 무백은 곧장 허공을 박차고 위로 치솟았다.

"어딜!"

적시운은 급히 손을 뻗었다. 권격을 먹이는 대신 간신히 무백의 발목을 붙들 수 있었다. 그 상태로 몸 전체를 회전시키며 대지를 향해 내리꽂았다.

콰광!

바닥에 꽂히는 충격으로 인해 흙먼지가 20m 이상 솟구쳤다. 지하 도시의 지반이 거북이 등처럼 갈라지더니 안쪽을 향해 침강했다.

[지상으로 끌어낼 계획이 아니었나?]

'……'

적시운은 쉽사리 대꾸하지 못했다. 원래 계획은 그것이었으나 과연 그래도 괜찮을지 의문이 든 까닭이다.

[자네 수하들이 입을 피해를 염려하고 있군.]

'……그럴 수밖에 없잖아.'

무백은 교활하기 짝이 없는 인간이다. 지상에 풀려난다면 돌아볼 것도 없이 약한 적부터 각개격파하려 들 것이다.

저 힘과 스피드에 대응할 수 있는 게 적시운뿐임을 감안한다면 아군 병력이 치명적인 피해를 입으리란 건 불 보듯 뻔했다.

'하지만……'

그렇다고 이곳에서만 싸운다면 그건 그것대로 문제다. 함대

대신 수십만의 신북경 시민이 고스란히 피해를 받을 테니.

남의 국가 사람들이라고 쉽게 생각할 수만은 없었다.

[선택을 해야 하네.]

천마가 중얼거리는 와중 지하 도시의 조명이 또다시 명멸하기 시작했다.

흠칫한 적시운이 지상을 향해 달려들었다. 박살 난 지반 아래, 전력 케이블을 붙든 무백이 힘을 흡수하고 있었다.

[어떻게든 지상으로 쫓아낼 수밖에 없겠군.]

'알고 있어!'

단번에 고민이 해결됐다. 결코 기뻐할 수 없는 일이긴 했지만.

"노부의 힘은 무한대다!"

광소하며 소리친 무백이 주먹을 내뻗었다. 엉겁결에 달려들었던 적시운은 고스란히 반격을 허용했다.

쾅!

적시운의 몸은 수십 m를 단번에 날아가 천장에 처박혔다. 곧장 뒤따라 날아온 무백이 쉴 틈을 주지 않고 연격을 퍼부었다.

콰과과과과!

적시운의 몸이 천장을 파고들었다.

천장에 균열이 생기며 파편들이 도시 위로 떨어졌다.

[유인할 방법은 걱정하지 않아도 되겠군. 저 머저리 놈은 지금 자신의 힘에 도취되어 있네. 이성적인 판단을 할 만한 상태가 아니라는 거지.]

　"크……!"

　[문제는 마음껏 그래도 될 만큼 강해졌다는 거지만.]

제53장
마신 레이드

1

쿵. 쿠궁. 쿠구궁……

신북경의 지상, 싱크홀의 주변이 간헐적으로 진동하고 있었다.

뻥 뚫린 거대한 구멍 주변으로 균열이 확장되는 모습을 무인 드론의 카메라가 포착, 실시간으로 각 함선에 전달했다.

엘레노아는 화면에서 눈을 떼지 못한 채 두 손을 그러모았다.

"계속 기다리기만 하는 게 답일까요, 대장로님?"

-그분이 그리 말씀하셨으니 따를 수밖에 없단다.

"하지만……"

-우리가 함부로 행동한다면 그건 조력이 아닌 방해가 될 것이다.

단호히 대답한 순천자가 덧붙였다.

-게다가 그리 오래 기다리게 될 것 같지는 않구나.

"네?"

-이온 에너지 검출 장치를 확인해 보거라.

시선을 돌린 엘레노아가 움찔했다. 3차원 맵으로 표기되는 영역 속에서 거대한 에너지가 지상으로 접근 중인 게 확인됐다.

"이건……!"

-다른 함선들에는 내가 알릴 테니 선내 전투원들을 준비시키거라.

"알겠어요, 대장로님."

순천자는 통합 통신망에 접속, 각 함선에 현황을 알렸다.

-알겠습니다. 바로 대응하죠.

임성욱은 동백 연합의 전투 병력을 전원 하선시켰다. 다수가 아닌 소수의 적을 상대하는 거라면 강하 작전은 무의미했던 것이다.

-어쩌면 소수조차 아닐지도 모르고 말입니다.

적시운과 순천자의 설명대로라면 남아 있는 적은 단 한 명, 무백노사라 불리는 존재뿐일 터. 그의 전투력이 어느 정도인지는 확실하지 않았다. 그래도 최소한 적시운과 동급으로 잡아두는 게 나을 거라고 임성욱은 생각했다.

-전쟁보다는 차라리 레이드에 가까운 싸움이 될 겁니다. 여러분도 그렇게 상정하고서 전투에 임해주시길.

차수정도 임성욱과 같은 결론을 내렸다. 데몬 오더의 길드원들 역시 동백 연합과 마찬가지로 하선하여 지상에 자리를 잡았다.

하늘에는 함선들이, 땅에는 전투원들이 조만간 밖으로 튀어나올 적을 소리 죽여 기다렸다.

쿠구궁. 쿠구구구…….

땅에 착지하니 지하로부터의 진동이 한층 선명하게 느껴졌다. 싱크홀과 수백 m 떨어져 있음에도 심장까지 흔들리는 기분이었다.

뚝.

갑자기 진동이 멎었다. 전투원들은 이를 악물고서 곧 튀어나올 지하를 향해 온 신경을 집중시켰다.

콰광!

타이밍 좋게 무언가가 바닥을 뚫고서 튀어나왔다. 안 그래도 신경이 팽팽하게 당겨져 있던 차, 대부분의 전투원이 그 순간 반사적으로 공격할 뻔했다.

"정지! 적이 아니다!"

"공격하지 마!"

날카롭게 일갈하는 이는 임성욱과 차수정이었다. 모든 전투원을 통틀어 최상위의 무위를 갖춘 그들만이 튀어나온 이의 정체를 간파한 것이다.

차수정이 이어서 외쳤다.

"선배!"

적시운은 여전히 상공으로 치솟고 있었다. 대량의 흙더미가 고래 등에서 뿜어져 나온 물줄기처럼 튀어 오르는 중. 적시운의 몸에는 자잘한 찰상이 가득했다.

"제 주제도 모르는 어리석은 것들이 여기에 모여 있구나."

스산한 음성이 모두의 귓구멍으로 파고들었다. 정작 어느 누구도 음성이 들려온 위치를 파악하진 못했다.

"너희가 뒤쫓을 수 있는 건 노부의 그림자뿐이리라."

"저쪽이야!"

밀리아가 목청껏 소리쳤다. 음성의 주인은 임성욱의 등 뒤로 얼마 떨어지지 않은 지점에 서 있었다.

"의외로군. 적시운, 그 빌어먹을 놈 말고도 노부의 은잠술을 간파하는 놈이 있다니."

"큭!"

몸을 회전시킨 임성욱이 숨을 한껏 들이켰다. 멍하니 있어선 안 된다는 걸 본능적으로 깨달은 것이었다.

밀리아와 그렉도 거의 동시에 튀어 나갔다. 삽시간에 매우 완성도 높은 연수합격의 구성이 갖춰졌다. 정작 그것을 본 무백은 태연자약했지만.

"애송이들의 재롱치고는 제법 그럴싸하구나. 박수라도 쳐 줘야겠군."

"박수 대신 모가지를 내놓는 게 어때?"

밀리아는 고민 한 번 하지 않고서 정면으로 치고 들어갔다. 자연히 그렉과 임성욱이 좌우에서 협공하게 되었다.

쉬이익!

검기를 머금은 플래티나 바스타드 소드가 무백의 목젖을 향해 날아들었다. 그러나 무백은 가볍게 붙드는 것만으로 그녀의 공격을 막아냈다.

쿠웅!

중형 전차도 일도양단할 힘이 단번에 막혀 버렸다. 그 반동은 고스란히 밀리아의 몸을 강타했고, 움찔한 그녀의 입가에서 선홍빛 핏물이 새어 나왔다.

"조악하군."

퍼퍽!

임성욱과 그렉이 치고 들어가던 자세 그대로 튕겨져 나갔다. 언제 권격이 후리고 지나갔는지 깨닫지도 못한 얼굴들이었다.

타앙!

헨리에타의 가우스 라이플이 불을 뿜었다. 전자기력을 통해 가속된 초음속의 탄환은, 그러나 무백의 몸을 꿰뚫지 못했다.

"불을 뿜는 막대기 따위로 뇌전을 쫓으려는 게냐?"

"……!"

무백은 단번에 수백 m를 도약하여 헨리에타의 코앞까지 다다른 뒤였다. 깜짝 놀란 헨리에타가 다시금 방아쇠를 당기려 했으나 무백이 더 빨랐다.

카앙!

날카로운 금속음이 귓전을 때렸다. 가까스로 무백의 일격을 막아낸 것은 아티샤였다.

하지만 그게 전부.

그녀가 방패로 사용한 미니건은 단 한 번의 타격에 산산조각이 났고 그녀의 몸 또한 피를 흩뿌리며 허공을 날아갔다.

"이 개자식!"

"뒈져!"

동백 연합의 전투원들이 욕설을 토하며 달려들었다. 그러나 용기 있는 공격이라기보다는 그 반대.

공포심을 이겨내지 못해 일단 덤비고 보는 것에 지나지 않았다.

'안 돼!'

아찔한 절망감 속에 헨리에타는 이를 악물었다.

'그렇게 무턱대고 달려들었다간 전멸할 뿐이야!'

인파 너머에서 무백이 미소 짓는 게 느껴졌다. 피라미들을 한꺼번에 일망타진하겠다는 의지와 살기 역시도. 그녀들 앞에 나타난 것은 인간의 형상을 한 마수였다.

"끝이다, 잔챙이들아."

무백이 주먹을 불끈 쥐었다. 임성욱과 차수정조차 철렁할 정도의 어마어마한 공력이 손아귀에 집중됐다. 하지만 그 순간, 그의 정수리를 노리고 한 줄기 섬전이 내리꽂혔다.

쾅!

돌진하던 동백 연합의 전투원들이 튕겨지듯 밀려났다. 섬전과는 별개로 작용한 무형의 힘이 밀어낸 것이었다.

"염동력!"

헨리에타가 탄성을 뱉었다. 황야 위로 꽃 한 송이가 피어나는 기분이었다.

충격파에 대지가 들썩였다. 모두가 기겁하는 와중, 육안으로는 좇지도 못할 수십 차례의 공방이 오갔다.

쿠궁!

흙먼지 바깥으로 주르륵 밀려 나오는 이는 적시운이었다.

"진형 제대로 갖추고 싸워! 비명횡사하기 싫으면!"

적시운의 외침에 모두가 움찔했다. 이윽고 임성욱과 차수정이 전투원들을 향해 소리쳤다.

"탱커들은 앞으로! 딜러와 서포터들은 일정 간격을 벌리고
서 자리 잡으십시오!"

"3인 1조로 포진해! 절대로 무턱대고 덤벼들어선 안 돼!"

뒤늦게 정신을 차린 전투원들이 진형을 구축했다. 그때쯤
흙먼지 안쪽에서 돌연 파안대소가 터져 나왔다.

"저것들이 우스운 것이야 당연하지만 네놈도 의외로구나.
비명횡사하기 싫으면 진형을 갖추라니."

손을 휘저어 먼지를 걷어낸 무백이 큭큭거렸다.

"진형을 갖추면 비명횡사하지 않는다더냐?"

"……."

"저것들이 무슨 발버둥을 치든 간에 달라질 것은 없다. 그
사실은 다른 누구보다도 적시운 네놈이 잘 알고 있지 않더냐?"

적시운은 대꾸하지 않았다. 곧장 받아치지 않으면 수하들
이 동요하리란 걸 알았지만 그러기가 여의치 않았다. 안 그래
도 머릿속이 복잡했던 까닭이다.

"네놈도 꽤나 입을 잘 놀린다고 알고 있는데 지금은 그렇지
못하군. 노부의 힘 앞에서 경악한 까닭이더냐?"

"……."

"아마도 그것만은 아닐 테지. 네놈이 진정 주저하고 고민하
는 이유는 바로 저것들 때문이다."

무백이 희번덕거리는 눈으로 주변을 돌아봤다. 그와 눈이

마주친 이들이 하나같이 흠칫 몸을 떨었다. 무저갱 같은 눈동자 속에 담긴 광기와 마주한 까닭이었다.

"노부도 네놈과 같았지. 이제 와 생각해 보면 천무맹과 중화주의야말로 노부의 족쇄였다. 노부가 모든 것을 던져 지키려 했던 그 모든 게, 노부의 육체와 영혼을 짓누르던 감옥이었던 것이지."

"……."

"네놈도 비로소 그 창살의 무게에 직면하게 된 모양이구나. 그렇기에 이러지도 저러지도 못하고 주저하는 것이겠지."

무백이 고개를 들었다. 상공에 정지한 채 지상에 그늘을 드리우고 있는 함선들이 보였다.

"하면 노부가 네놈의 고민을 좀 덜어주는 어떨까 싶군."

"뭐?"

얼떨결에 반문하는 적시운. 그 순간 무백은 이미 땅을 박차고 있었다.

"묵은 원한도 해결할 겸 말이야."

"무백!"

쾅!

무백의 신형이 로켓처럼 치솟았다. 적시운도 황급히 몸을 날렸지만 벌써 무백과의 거리가 상당히 벌어지고 말았다.

콰과과과!

연신 소늑 붐을 터뜨리며 날아간 무백이 삭월의 하부 갑판을 향해 빨려 들어가듯 쇄도했다.

우우우웅!

이온 배리어의 저지도 잠시. 무백은 종잇장처럼 배리어를 찢어발기고 파고들었다.

콰드득!

초합금 장갑을 뚫고 들어가 그대로 내달렸다. 선내의 모든 것이 관통되고 폭발하며 불길과 파편을 내장처럼 쏟아냈다.

콰득!

수백 m에 달하는 대형 함선의 내부를 질주하여 관통한 무백의 신형이 상부 갑판의 바깥쪽으로 튀어나왔다.

"하하하하!"

광소를 터뜨린 무백이 내쳐 신형을 쏘았다. 이번 목표는 아미타불. 한때 천무맹의 기함이었으나 무백이 괘념치 않고 꿰뚫어버렸다. 그에게 있어 더 이상 지켜야 할 것 따윈 없었기에.

"이 안에 있다고 했더냐! 아미타불을 빼앗았다고 했더냐! 그렇다면 나는 부숴주마! 네놈이 앗아간 모든 것을 무(無)로 돌려보내 주마!"

무백의 대성일갈이 불꽃과 어우러져 선내 통로를 치달았다. 한때 자신의 부하였던 승무원과 무사들이 덤벼들었으나 무백은 개의치 않고 찢어발겼다.

"어디, 나와서 지껄여 보기라도 해라!"

천무맹 상급 무사의 몸을 양손으로 죽 찢어낸 무백이 소리쳤다.

"네놈이 잘하는 게 그런 것 아니더냐, 순천자!"

……사형.

익숙한 음성이 스피커에서 흘러나왔다. 큭큭거리며 웃은 무백이 반토막 난 시체를 내던졌다.

"지휘실로 가마. 그곳에 홀로그램 재생 장치가 있을 터. 네놈의 일그러진 낯짝을 그렇게라도 보고 싶구나."

…….

"모습을 보이지 않는다면 이 고철덩이를 당장 격침시키겠다."

-알겠소. 그곳에서 봅시다, 사형.

냉소로 화답한 무백이 신형을 쏘았다. 그는 내키는 대로 걸음을 옮기며 와 닿는 모든 것을 분쇄하고 찢뜨렸다.

몇 초 되지 않는 동안의 이동에 아미타불은 족히 수십 발을 피탄당한 수준으로 파손되었다.

-이제 정말로 인간이길 저버리셨구려, 사형.

지휘실로 들어서자마자 들려오는 순천자의 목소리. 무백은 대꾸하지 않고서 주변을 둘러봤다. 오퍼레이터와 승무원들이 겁에 질린 듯 자신을 바라보고 있었다.

"저버린 것이 아니다, 천박한 것"

무백이 손아귀를 들어 올렸다. 벌어질 일을 짐작한 순천자가 소리쳤다.

-사형!

꾸구구국!

엄청난 압력이 승무원들을 덮쳤다. 방 안의 모두가 목을 부여잡고 꺽꺽거리며 죽어갔다. 순천자는 얼굴을 일그러뜨렸으나 그가 할 수 있는 일은 아무것도 없었다.

널브러지는 시체들을 보며 무백이 빙긋 웃었다.

"드높은 영역으로 승천한 것이지."

2

"불이 계속 번집니다! 소화기로는 무리입니다! 스프링클러도 작동하지 않습니다!"

"차폐문을 닫아! 불이 더 번지지 못하게 해!"

-32번 통로가 봉쇄될 예정입니다. 해당 지점에 있는 승무원들은 대피하기 바랍니다.

"재차 습격이 가해질지도 모른다! 전부 무장을 철저히 하고 대비해!"

"이쪽으로도 불이 번집니다!"

천마신교의 기함 삭월. 곳곳에서 터져 나오는 고함과 불길로 인해 선내는 아비규환 자체였다.

"이럴 때일수록 모두들 정신을 똑바로 차려야 해요! 아직 싸움은 끝나지 않았어요!"

엘레노아는 선내를 달리며 교도들을 독려했다. 그녀의 말한마디가 대단한 효능이 있을 리는 만무했지만 무언가라도 하지 않고는 배길 수가 없었다.

쿠구궁!

충격파로 인한 난기류가 삭월의 선체를 흔들었다. 본디 이 정도 이상 기류에 영향받을 삭월이 아니었다.

그러나 무백이 뚫고 지나간 후유증이 상상 이상으로 컸다.

후드득!

엘레노어의 측면에 있던 벽이 통째로 뜯겨 나갔다. 기압 차로 인한 강풍이 통로를 덮쳤고 미처 대비하지 못한 교도 몇 명이 거기에 휘말려 바깥으로 빨려 나갔다.

"큭!"

엘레노아는 간신히 기둥을 붙들고 버텼다. 훤히 드러난 바깥으로는 또 하나의 거대 기함 위로 불길이 치솟는 게 보였다. 천무맹의 기함 아미타불이었다.

-승천이라 하셨소? 스스로가 벌인 일을 승천이라고 표현하신 게요?

아미타불의 지휘실. 널브러진 시체들 사이에 무백과 순천자가 있었다. 홀로그램으로 만들어진 형상일 따름. 그래도 순천자의 얼굴엔 심적인 고통이 선명하게 드러나 있었다. 그 사실이 무백을 기쁘게 했다.

"거슬리느냐? 하면 뭐라 표현해 줄까? 우화등선? 입신멸적(入神滅度)?"

-아니, 사형이 벌인 일은 그중 어느 것도 아니오. 지금의 사형은 그저 괴물이 되었을 뿐이오.

"네놈이 그리 지껄이란 것쯤은 예상하고 있었다. 강자의 힘을 인정하지 못하고 괴물이니 뭐니 지껄여대는 천박함이라니. 네놈은 수백 년 전이나 지금이나 변한 게 없군."

-사형은 강해졌기에 괴물인 것이 아니라 천인공노할 악행을 벌였기에 괴물인 것이오.

"악행이라. 네놈들이 사람을 쳐 죽이는 건 대의를 위한 일이고, 내가 죽이는 건 악행이란 말이렷다?"

-……

"그래, 그렇게 침묵이나 하거라. 네놈이 뭐라 지껄이든 간에 내가 흔들릴 일은 없을 테니."

도저히 어찌할 수 없는 평행선. 순천자는 무백을 설득할 수 없다는 당연한 사실만을 새삼 되새겼다. 그래도 시간 벌이라도 할 필요가 있었기에 잠자코 그가 떠들도록 두었다.

"아미타불의 진수식을 행하던 날."

－……:

"내가 직접 천지신명께 올리는 기도문을 작성했었지. 너희 마교도 놈들을 멸하기 전까지 이 기함이 추락하는 일이 없게 해달라고 말이다."

무백은 고갯짓으로 창밖을 보았다. 아미타불은 여러 줄기의 불길을 단 채 서서히 가라앉고 있었다.

"어쩌면 그 주문이 통한 것인지도 모르겠군. 오늘 여기서 네 놈들이 멸망하게 될 테니까."

－이 끝없는 고통의 연쇄를 끝낼 생각은 없으신 게요?

"물론 끝낼 것이다. 네놈들을 모조리 멸함으로써!"

－처음부터 사형이 바란 것은 내 목숨이 아니었소?

"큭큭큭!"

마른 웃음을 뱉어낸 무백이 냉소했다.

"그러니까 네 목숨 하나로 만족하라는 게냐? 목을 내놓을 테니 다른 이들은 건드리지 말아달라고? 그런 말을 하고 싶은 것이냐?"

－그걸로 끝을 냅시다. 우리의 케케묵은 악연도, 무의미한 이

넘 다툼도…….

"하하하!"

무백이 광소를 터뜨려 순천자의 말을 끊었다.

"예전이라면 그 말에 약간이나마 마음이 흔들렸을지도 모르지. 하지만 이젠 아니다. 그래도 기분은 좋구나. 네놈이 그따위 비굴한 말을 지껄이는 건 그만큼 궁지에 몰렸다는 의미니까."

–……

"나는 너희 모두를 멸할 것이다. 그런 다음 대양을 건너가 이 모든 일의 원흉을 처단할 것이다. 그럼으로써 천마신교의 모든 것을 지구상에서 멸하리라!"

쩌렁쩌렁한 외침이 지휘실을 흔들었다. 그 여파 때문은 아닐 테지만 아미타불의 선체가 격하게 뒤흔들렸다. 그 와중에도 무백의 몸엔 미동조차 없었다.

"이 정도면 네놈의 흥미도 제법 당길 테지. 그렇지 않더냐?"

순천자를 향한 말이 아니었다. 여유롭게 고개를 돌린 무백이 말을 이었다.

"적시운."

"……"

반파된 문을 옆으로 치우며 적시운이 걸어 들어왔다. 무백은 단상 위의 소개자처럼 양팔을 벌렸다.

"진실의 전당에 온 것을 환영하네."

"조금 전의 얘기, 대체 무슨 뜻이지?"

"어떤 얘기 말인가?"

"대양을 건너간다는 건 미국으로 향하겠다는 뜻이겠지. 모든 일의 원흉이란 건 북미 제국의 누군가, 아마도 황제나 그에 준하는 인물을 뜻하는 걸 테고."

"정확하다네."

"그런데 그를 처단하는 것과 천마신교는 무슨 관계지?"

무백은 모든 일의 원흉을 처단함으로써 천마신교를 지구상에서 멸하겠다고 했다. 거짓이 섞인 게 아닌 이상, 천마신교의 누군가가 미국에 있다는 의미로 들릴 수밖에 없었다.

"호오."

무백의 입가에 비웃음이 걸렸다.

"순천자가 말해주지 않았더냐?"

마법과도 같은 단어. 적시운의 시선이 자연스레 순천자에게로 향했다. 그 눈빛을 받은 순천자가 약간은 위축된 어조로 대꾸했다.

-완전히 확신할 수 없는 얘기였습니다. 게다가 천마께오서 시운 님과 함께 귀환하셨기에…….

"이제야 알 것 같군! 어떻게 적시운 네놈이 천마신공을 익혔는지 말이야!"

무백이 손뼉까지 쳐 가며 웃었다.

"다른 세계의 천마와 만난 것이었어! 이쪽 세계가 아니라!"

"이쪽 세계의 천마라고?"

"그렇다!"

무백이 비틀린 미소로 대답했다.

"그놈이야말로 이 모든 일의 원흉이지."

"그렇다는 건……."

적시운이 재차 순천자를 돌아봤다. 그 시선을 피하려는 듯 순천자의 홀로그램이 흐릿해졌다.

-물증은 없는 심증뿐인 가설입니다만……

"집어치워라, 순천자! 네놈도 마음속으로는 오래전부터 확신하고 있었을 터! 자잘한 물증 따위는 중요치 않다는 걸 알 텐데?"

적시운의 머릿속으로 광풍이 몰아쳤다. 맞추어지지 않은 퍼즐 조각들이 바람에 휩쓸려 어지러이 흩날렸다. 그 혼란에 종지부를 찍으려는 듯 무백이 말했다.

"북미 제국의 황제가 바로 이 세계의 천마다."

"이제 어쩌지요?"

신북경의 지상.

만신창이가 된 전투원들이 덩그러니 남겨진 가운데 차수정은 이를 악물었다.

"싸워야죠, 마지막 순간까지."

"하지만…… 어떻게 말입니까?"

임성욱의 목소리엔 힘이 없었다. 부러진 콧등에선 아직까지도 검붉은 피가 철철 흐르고 있었다.

그나마 이건 양호한 편. 똑같이 무백에게 공격당한 아티샤나 그렉은 아직까지도 인사불성이었다.

"선배가 아직 싸우고 있잖아요. 우리도 뭔가 도움이 되어야 해요."

"방해가 되는 게 아니고 말입니까?"

차수정이 홱 고개를 돌렸다. 화를 내려던 그녀는 임성욱의 눈빛을 보고 나서 입을 다물었다. 겁먹기는 했으나 전의를 상실한 모습은 아니었다.

오히려 그 반대. 임성욱은 그녀 이상으로 분통을 느끼고 있었다.

"저도 싸우고 싶습니다. 하지만 입장이 입장인 만큼 객관적으로 판단해야만 합니다. 과연 우리가 여기 남아 있는 게 적시운 님에게 도움이 되겠습니까?"

"그건……."

차마 그렇다는 말이 나오지 않았다. 인간 방패 역할조차 제대로 할 수 없을 만큼 무백의 전투력이 압도적이었기에. 오히려 숫자만 많은 인질로 취급되지나 않으면 다행. 차수정도 머리로는 어느 정도 인지하고 있는 사실이었다.

"하지만 그렇다고…… 무기력하게 달아날 수만은 없는 거잖아요."

"어쩌면 현실을 인정하고 물러나는 게 답일 수도 있습니다. 분한 일이긴 합니다만……"

차수정은 주변을 돌아봤다. 한반도를 통틀어 최정예라 할 수 있는 이들이, 이렇게나 무력해 보일 수도 있구나 싶었다.

"아직 포기하기엔 이르다."

낯선 목소리가 끼어들었다. 고개를 돌리자 전투원들이 좌우로 갈라지는 게 보였다.

"당신은……?"

"남궁혁."

인파를 헤치고 다가온 사내는 만신창이였다.

"천무맹 사신전의 수좌인 백호전주다."

"천무맹 12강……"

"시간이 없으니 간략히 말하지."

서 있을 힘도 없었던 남궁혁이 그대로 주저앉았다. 동백 연합의 힐러들이 다가와 치료를 시작했다.

"무백은 긴 연구를 통해 만들어낸 마수화 혈청을 자기 자신에게 주입했다. 그 결과 문자 그대로 반인반마(半人半魔)의 존재가 되어버렸지."

"······."

"더불어 뇌전을 흡수해 내공으로 변형시키는 능력을 보유하게 되었다. 조금 전 선보인 압도적인 공격력은 신북경의 도시 전력을 흡수한 결과물이지."

모두의 얼굴에 경악이 스쳤다. 전기를 흡수하여 무공으로 치환하는 능력이라니.

"그렇다면 사실상 무한대의 힘을 지니게 된 셈이 아닌가요?"

"어쩌면. 하지만 이를 뒤집어 말하면 어떻게 대응해야 할지는 명확하다는 뜻이기도 하다."

차수정과 임성욱이 서로를 돌아봤다.

"우선은…… 도시의 전력을 차단시켜야겠군요. 하지만 그것만으로는 턱없이 부족할 겁니다."

당장 머리 위에 떠 있는 비행선단부터가 문제. 어지간한 소도시 규모의 전력을 사용하고 있으니 무백에게 있어선 진수성찬이 떡하니 놓여 있는 셈이었다.

"설령 주변에 전력원이 없더라도 큰 문제는 아닐 겁니다. 전력이 발생하는 곳을 찾아가기만 하면 그만이니까요."

무백이 전력으로 달아난다면 뒤쫓을 수 있는 사람은 적시운뿐일 터. 들이는 노력에 비해 얻는 결과물이 너무나도 작은 상황이었다.

"그렇더라도 멍청히 서서 손가락만 빠는 것보단 낫죠."

차수정이 단호히 말했다.

"비록 개미 눈물만큼의 도움밖에 되지 않더라도, 저는 제가 할 수 있는 일을 하겠어요."

"그렇게 자학할 것만도 아니다. 어쩌면 사조…… 아니, 무백에게 예기치 못한 일격을 먹일 수 있을지도 모르니."

"그게 무슨 뜻이죠?"

"현재 무백의 육체를 구성하고 있는 건 인간의 피와 살점, 뼈와 근육이 아니다. 단 한 번 맞붙어 봤을 뿐이지만 대번에 알 수 있었지."

"순수한 에너지, 그의 내공이 육체를 구성하고 있다는 거군요."

"그렇다. 그리고 그 내공의 근간은…… 남궁가의 천뢰제왕심법과 무척이나 흡사하다."

"당신 가문의 심법 말인가요?"

"그렇다. 아마도 무백 본인이 최초로 익힌 심법이었기 때문이 아닐까 싶군."

또 다른 의문을 불러오는 대답이었으나 차수정은 굳이 캐묻지 않았다. 지금은 그런 데 낭비할 시간이 없었기에.

"당신 가문의 심법이라면 약점이나 맹점에 대해서도 잘 알고 계시겠군요."

남궁혁이 선선히 고개를 끄덕였다.

"가능성은 그리 높지 않다. 무백의 무위는 내 상상조차도 아득히 뛰어넘은 수준이니. 하지만 아예 가능성이 전무하다고도 볼 수는 없지. 게다가……."

그의 시선이 전투원들을 훑었다.

"아직 싸울 수 있는 자들이 남아 있고 말이야."

3

"놈의 말이 사실이야?"

차츰 고도가 떨어져 가는 아미타불의 지휘실.

순천자의 침묵은 길지 않았다.

-가능성은 낮지 않습니다. 다만 확신할 수준 또한 아닙니다.

"물증이 없다는 거겠지? 그래서, 당신의 생각은 어떤데?"

-제 생각은…….

"솔직하게 대답해 줘."

홀로그램으로 이루어진 순천자의 얼굴이 격정에 사로잡혔다.

-사형의 생각과 일치합니다.

"황제가 곧 천마라는 거군."

믿기 어려운 이야기였다. 인과의 사이사이를 이어줘야 할 요소들이 모조리 빠져나간 느낌. 자세한 설명 없이는 쉽게 받아들이기 힘들었다.

"노부는 천마신교를 멸하기 위해 평생을 바쳤다. 이는 곧 세상의 평화와도 직결되는 일이다. 차원의 문을 열고 괴물들을 불러들인 게 다름 아닌 그놈이니까!"

무백이 적시운을 향해 손을 내밀었다.

"노부는 네놈을 증오한다. 하지만 동시에 네놈의 힘만큼은 높이 사고 있다. 만약 네놈이 마교의 해악을 깨달았다면 그리고 마교에 투신한 것을 후회한다면 용서해 줄 의향이 있다."

"용서?"

"그렇다. 네놈으로 인해 천무맹이 붕괴되고 중화의 존망이 위태로워졌다. 그것을 넓은 아량으로 용서해 주겠다는 말이다."

적시운은 물끄러미 무백을 응시했다.

"그다음은 뭐지?"

"뻔한 것 아닌가? 서방의 천마신교인 북미 제국을 멸한다!"

"그러니까 요약하자면 이거군. 이 세계의 천마는 너희처럼 긴 세월을 살아남았고, 대양을 건너가 미국의 배후를 장악했다. 그리고 모종의 사건을 통해 차원의 게이트를 열어버렸다."

"그렇다."

"하지만 그것만으로는 설명이 부족해. 천마가 어떻게 살아남았는지, 어떻게 미국으로 건너가게 됐는지 알 수가 없으니까."

"그것은 노부가 충분히 설명해 줄 수 있다."

적시운은 무백에게 대꾸하는 대신 순천자를 돌아봤다.

"자세히 설명해 줄 수 있겠어?"

무백의 눈썹이 꿈틀거렸다. 순천자는 적시운과 무백을 번갈아 보다가 반문했다.

-저 말씀인지요?

"당신 말고 그럼 누가 또 있겠어?"

"노부가 설명해 줄 수 있노라고 분명히 말했다만."

"그건 곤란하지."

무백을 돌아본 적시운이 싸늘히 대꾸했다.

"넌 여기서 죽을 테니까."

"……건방진 놈!"

뿌득 이를 간 무백의 주변으로 붉은 광체들이 부유하기 시작했다. 이온화 에너지의 초월 방전으로 인해 플라즈마 현상이 일어나는 것이었다.

"씹어 먹어도 시원찮을 네놈을, 대의를 위해 눈감아주려 했거늘!"

"놀고 자빠졌네."

"뭣이 어째?"

두 눈을 부릅뜬 무백의 몸이 부르르 떨렸다.

"하기야 천박하고 우매한 네놈에게 기회를 주려 한 게 실수지. 네놈이 또 한 번 노부에게 가르침을 주는구나. 너희 오랑캐 놈들에게 자비 따윈 사치라는 가르침을 말이야!"

"그 나이까지도 멍청한 것만 배워먹는 걸 보니 인생 헛살았다는 걸 알겠군. 하긴 그러니 제 손으로 만든 천무맹을 부숴 놓았겠지."

"네놈!"

콰직! 콰지지직!

방전 현상이 지휘실 전체에 뻗쳤다. 순천자의 홀로그램이 더 버텨내지 못하고 소멸했다. 조종 장치들도 박살 나거나 오류를 일으켜 아미타불의 고도가 한층 빠르게 떨어져 내렸다.

"네놈을 비롯한 어느 누구도 노부를 이길 순 없다. 천뢰제왕심법에 마수의 힘을 더한 이 힘은 그야말로 절대적이다!"

"어련하겠어. 축하해. 평생 마교와 싸워온 인간이 최후의 발악이랍시고 택한 것이 마(魔)에 물드는 거라니."

"닥쳐라! 이 모든 게 다 네놈 때문이다!"

무백이 오른팔을 뻗었다. 플라즈마의 줄기가 채찍처럼 뻗어나와 적시운을 노렸다.

쾅!

적시운은 수라강기를 두른 권격으로 플라즈마의 채찍을 쳐

냈다. 튕겨져 나간 채찍 줄기가 천장을 가르며 스파크를 토했다.

[어쩔 셈인가?]

'사냥해야지. 마수가 나타났으니.'

천마의 물음에 적시운이 대꾸했다.

'그런데 정말 짐작 가는 게 없어? 다른 사람도 아니고 당신이 한 일이라잖아.'

[본좌는 아무것도 모르는 일이네. 마수는커녕 미국이 뭔지도 평생 몰랐단 말일세.]

이해 못 할 일은 아니었다. 이쪽 세계의 천마와 저쪽 세계의 천마를 동일인 취급하는 것도 이치에 맞지 않았고.

'뭐, 어쩌겠어. 나중에나 생각해 봐야지.'

우선은 눈앞의 사냥감에 집중할 일. 딴생각을 하면서 상대할 만큼 무백은 호락호락한 적수가 아니었다.

[그래서, 계획은 있는가?]

콰득!

무백이 양팔을 기계장치 사이로 쑤셔 넣었다. 전선을 집어 에너지를 흡수하려는 것. 적시운은 곧장 권강을 날려 전선 자체를 끊어버렸다.

"교활한 놈!"

분노한 무백이 쇄도해 왔다. 비록 추가 에너지를 흡수하지 못했다지만 신북경에서 흡수한 양이 워낙 많아 여전히 적시운보다 에너지의 총량 면에서 우위에 있었다.

콰콰콰광!

두 신형이 한데 뒤엉킨 채 선내를 질주했다. 뜯겨 나온 파편들과 치솟는 불길이 거대 비행함의 추락을 가속화했다.

[내공을 보다 효율적으로 쓰고 있는 쪽은 자네일세. 확실히 무백이란 놈의 무재 자체는 자네나 백진율에게 미치지 못하는군.]

냉정히 전투를 관망하던 천마가 말했다.

[하지만 놈은 언제든 뇌전을 흡수할 수 있다는 게 문제일세. 운기조식처럼 무방비 상태가 되는 것 같지도 않고, 내공의 회복 속도 또한 비교도 안 되게 빠른 듯하군.]

콰득!

플라즈마로 이루어진 워해머가 적시운의 턱을 후렸다. 호신강기조차 뚫고 들어오는 타격. 순간적으로 멍해진 적시운의 뇌리로 천마의 음성이 흘러들었다.

[그 차이를 어떻게 메우느냐가 승패를 가르게 될 걸세.]

"알아!"

악에 받쳐 소리친 적시운이 내공을 끌어올렸다. 육체에 무리가 갈 테지만 지금은 감수할 수밖에 없었다.

쾅!

흑룡의 형상을 한 강기의 폭풍이 무백을 강타했다. 거대한 충격파로 인해 주변의 모든 것이 붕괴, 아미타불의 좌측 날개가 통째로 부서져 나갔다.

　무지막지한 힘을 정면으로 받은 무백도 무사하진 않았다. 육체의 절반가량이 그대로 소멸해 버린 것이다. 보통 사람이었다면 수십 번은 절명했을 타격. 그러나 무백은 반쪽만 남은 얼굴로 웃었다.

　"과연 백진율을 쓰러뜨린 것이 요행은 아닌 모양이로구나."

　뿌드드득.

　무백의 육체가 소멸 과정을 뒤집은 것처럼 복원되었다. 이미 그가 인간의 육체를 버렸다는 걸 알고 있었기에 적시운은 놀라지 않았다.

　'코어를 노리거나, 에너지를 고갈시키거나.'

　해치울 방법은 결국 그것뿐. 마수 사냥과 다를 바가 없었다.

　'다만 더 작고 영악하다는 게 문제지!'

　무백이 추락 중인 아미타불의 엔진 쪽으로 몸을 날렸다.

　에너지를 흡수하려는 것.

　위기를 느꼈다기보다는 전투를 유리하게 끌고 가려는 계산의 발로였다.

　물론 적시운은 그러게끔 내버려 둘 생각이 없었다.

　쉬리리릭!

　뜯겨 나온 전함의 파편들이 표창이 되어선 무백에게로 날아들었다.

"염동력 따위를!"

무백은 거리낌 없이 가속, 파편들을 몸으로 쳐부수며 쇄도했다. 결과적으로 늦추기는커녕 속도가 더 올라갔다. 할 수 없이 적시운도 최대 속도로 가속하여 그 뒤를 쫓았다. 그러자마자 무백이 신형을 반전했다.

"먹어라!"

번쩍!

금색 뇌광이 적시운을 덮쳤다. 천뢰제왕심법을 기반으로 펼쳐지는 항마무한장이었다.

앞서 적시운이 펼친 흑룡권강에 필적하는 힘. 정면으로 받았다간 몸이 성하진 못할 터였다.

'쳇!'

적시운은 호신강기를 최대로 끌어올리는 동시에 흑룡권강을 다시 펼쳤다.

모든 것이 찰나지간에 이루어진 일이었다.

번쩍!

그리 높지 않은 상공에서 터져 나온 폭발이 대지를 짓눌렀다.

지상의 전투원들은 숨 막히는 열기와 풍압에 몸을 제대로 가누지도 못했다.

불길에 휩싸인 아미타불은 추락하는 중. 선내에서는 연신 탈출용 함재기들이 튀어나오고 있었다.

삭월은 기수를 돌려 달아나는 중이었고 호위함들은 이러지도 저러지도 못하고 있었다.

"서둘러야 한다!"

어느 정도 몸을 회복한 남궁혁이 소리쳤다. 고개를 끄덕인 임성욱이 차수정을 돌아봤다.

"저는 함대의 지휘를 맡겠습니다. 어떻게든 배리어를 구축해 놈을 빠져나가지 못하게 만들겠습니다."

"알겠어요. 제가 이곳을 맡죠."

"죄송합니다. 어려운 일을 차수정 부길드장님에게 떠맡긴 꼴이 된 것 같군요."

"사과하실 게 뭐가 있어요? 제가 봐도 이렇게 하는 쪽이 효율적인데요. 게다가……."

차수정이 쓰게 웃었다.

"어차피 실패하면 모두가 죽을 텐데요."

"그건 그렇군요. 무운을 빌겠습니다. 부디 무사하시길."

"서두르세요."

고개를 끄덕인 임성욱이 전선을 이탈했다. 차수정의 시선은 이내 남궁혁에게로 향했다.

"아까 얘기나 계속해 보죠. 천뢰제왕심법이라는 무공에 약점이 있나요?"

"약점이라 할 만한 것은 딱히 없다. 애초에 그런 걸 가진 무공은, 사교의 몇몇을 빼면 거의 없기도 하고."

"결국은 맹점을 노릴 수밖에 없다는 거군요."

"맹점, 그리고 상성을 이용하는 게 최선이겠지."

"상성이라면……?"

"천뢰제왕심법은 뇌공의 성질을 띠고 있다. 마치 네 무공이 냉공의 성질을 띤 것처럼."

차수정이 움찔했다.

"그걸 어떻게……?"

"적에 대해 조사하는 것쯤은 기본 중의 기본 아닌가? 게다가 너는 적시운의 최측근이기도 하고."

"아."

"어쨌든 중요한 건 그게 아니다. 무백이 지닌 뇌공에 조금이라도 대항하려면……."

"토(土)의 속성, 혹은 금(金)의 속성이 필요하겠군."

대답을 꺼낸 이는 차수정이 아니었다.

"괜찮으세요, 그렉?"

"치료를 받은 덕에 그럭저럭. 여전히 몸 곳곳이 쑤시긴 하지만."

그렉뿐만 아니라 헨리에타와 밀리아, 아티샤도 다가와 있었다. 급박한 상황인데도 차수정은 긴장이 풀어지는 걸 느꼈다.

"오랜만이에요, 모두들."

"그러게. 안녕하지는 못하지만."

밀리아는 잔뜩 골이 난 표정이었다. 무백에게 무기력하게 당하기만 한 게 못내 불만인 듯했다.

"그러니 방법 좀 가르쳐 줘봐. 놈한테 한 방이라도 먹이지 못하면 죽어도 발 뻗고 못 죽을 것 같아."

당돌하기 그지없는 밀리아의 말에 남궁혁은 피식 웃었다.

"재미있는 놈들이군."

"이 여자만 이렇다."

"넌 입 좀 다무시지?"

"둘 다 조용히 해."

헨리에타의 중재를 끝으로 남궁혁에게 시선이 쏠렸다.

"당연하지만 토속성의 무공을 지금부터 가르친다는 건 불가능하다. 그러니 결국 일시적으로나마 그와 비슷한 성질을 내게 하는 방법을 택해야겠지."

"합진(合陳)이로군."

"그렉이라고 했던가? 네 말대로다."

남궁혁은 일행을 한차례 돌아봤다.

"내 수하들에겐 이미 가르쳐 두었다. 언젠가…… 이런 일이

생길지도 모른다고 생각했었기 때문이지."

척척척척.

어느새 다가온 백호전 무사들이 남궁혁을 중심으로 부복했다.

"전주의 부름에 응하여 달려왔습니다."

"중화당의 수뇌부는 무사합니다."

앞서 각 벙커 쪽에 보내두었던 병력이었다. 남궁혁의 명령에 따라 집합한 것인데, 모인 것은 비단 그들뿐만이 아니었다.

쿠구구구.

반파된 게이트로부터 다가오는 일련의 무리. 신북경의 수비 병력이었다.

4

신북경의 상공은 지상만큼이나 혼란스러웠다. 눈앞에서 불에 휩싸인 채 추락하는 아미타불의 모습은 충격적일 수밖에 없었다.

임성욱이 기함에 오른 것은 그 시점이었다. 그는 곧장 각 함선과 통신망을 연결했다. 데몬 오더 측 함선뿐 아니라 천무맹의 호위함들까지 포함한 것이었다.

"나는 동백 연합의 의장인 임성욱입니다. 길게 설명할 여유가 없으니 단도직입적으로 말하겠습니다."

잠시 숨을 돌린 임성욱이 이어 말했다.

"무백은 한국인뿐 아니라 아시아인 전체의 적이 되어버렸습니다. 이미 인간의 탈을 벗어버린 그는 괴물에 지나지 않습니다. 이대로 내버려 두면 우리 모두의 터전이 파괴되고 말 겁니다."

-우리가 무얼 하면 되겠소?

천무맹 호위함대로부터의 반문.

임성욱은 생각해 둔 답변을 꺼냈다.

"우리의 역할은 심플합니다. 놈이 이 전장을 벗어나지 못하게끔 만드는 겁니다."

-광범위 배리어 말씀이로군.

첨단 비행선들의 경우 방어용 배리어를 확산형으로 펼치는 기능이 탑재되어 있었다.

이는 마수 사냥을 보조하기 위한 기능 중 하나. 전장을 감쌈으로써 퇴로를 차단하는 것이었다.

-하지만 무백의 전투력 앞에서 배리어 따위는 수수깡 담벼락만도 못하오. 그가 전력을 발휘한다면 배리어는 얼마 버티지도 못하고 깨질 거요.

"그렇더라도 없는 것보단 낫겠지요. 게다가 우리는 홀로 싸우는 것이 아닙니다."

-저 아래의 전투원들이, 그자와 싸워 이길 수 있으리라 생각하시오?

"예."

임성욱은 일말의 주저도 없이 대답했다. 짤막한 의견 교환을 뒤로하고 호위 함대 측의 답변이 돌아왔다.

-한번 해봅시다. 이곳 신북경은 다름 아닌 우리의 도시이기도 하니.

"협력해 주시는 겁니까?"

-그렇소. 아니, 오히려 귀측이 우리에게 협력해 주는 것이겠지. 바로 어제까지만 해도 적이었는데……

"그 얘기는 나중에 하지요. 지금은 눈앞의 일에 집중합시다."

-그렇군. 귀하의 말이 맞소.

신북경 상공의 모든 함대가 임성욱의 지휘 아래에 들어왔다. 거기에 더하여 때마침 신북경 지하 도시에서도 공중 병력을 출격시켰다.

-대략적인 얘기는 백호전주에게서 들었소. 중화인민공화국을 대표하여 사과와 감사의 말씀을 드리겠소.

중화당 수뇌부로부터 날아든 메시지였다. 미약하긴 해도 승산이 늘어났다는 사실에 임성욱은 주먹을 불끈 쥐었다.

쿠구구구.

상공을 가득 메운 함선들이 임성욱의 지시에 따라 정해진 위치로 향했다. 제자리에 도달한 함선들로부터 반투명한 빛의 막이 펼쳐졌다.

배리어 간의 반발 작용을 피하기 위해 이온 에너지의 코드를 동일하게 맞춘 뒤. 각각의 배리어가 충돌하는 일 없이 융합되어 거대한 장막으로 화했다.

"어리석은 놈들!"

상공을 쳐다본 무백이 신경질적으로 내뱉었다. 느릿하게 추락 중인 아미타불의 선체 위였다. 족히 선체의 1/3 이상이 소멸한 뒤. 그럼에도 남아 있는 이온 엔진들이 최대한 가동되고 있는 덕에, 아미타불은 아직까지도 대지에 처박히지 않았다.

하지만 그것도 시간문제일 뿐. 남아 있는 부분의 무게만 해도 수천 톤은 족히 되었다.

그런 초대형 함선이, 비록 느릿하다고는 하나 추락하여 지상과 충돌한다면?

"저 아래의 모든 것이 소멸할 것이다! 지하 도시까지 포함해서 말이지."

"마치 그게 즐거운 일이라는 양 지껄이는군."

얼마 떨어지지 않은 위치. 불길에 휩싸인 파편이 날아가자 적시운의 모습이 나타났다.

무백이 뿌드득 이를 갈았다.

"용케 항마무한장을 상처 하나 없이 견뎌냈구나."

"맞아보니 별것 아니던데? 견디고 자시고 할 것도 없었지."

"빌어먹을 놈!"

무백의 얼굴이 한껏 일그러졌다. 적시운은 잠깐이나마 왼팔 대부분이 짓이겨졌었다는 사실은 함구하기로 했다. 조금이라도 무백의 냉정을 흔들어 놓을 필요가 있었기에.

콰광! 콰과과광!

아미타불의 선체 곳곳에서 폭염이 치솟았다. 바로 아래, 지상에 자리 잡은 중공군 대공포 부대가 불을 뿜고 있었다. 추락하기 전에 최대한 부숴놓겠다는 의도. 그걸 깨달은 무백이 차갑게 웃었다.

"이걸 부수게 둘 것 같으냐?"

쿠구구구!

무백의 손아귀에 대량의 강기가 모여들었다. 그대로 후려쳐 지상으로 떨어뜨리겠다는 것이었다. 가만히 내버려 뒀다간 수십만 명이 몰살당할 판. 멍하니 서 있을 수 없었던 적시운이 곧장 신형을 쏘았다.

"흥!"

무백도 그럴 줄 알았다는 듯 모아둔 강기를 적시운에게 방출했다.

쿠구구구!

뇌전을 머금은 금색의 강기가 적시운을 덮쳤다. 적시운의 양손에서도 두 줄기의 흑룡 강기가 용솟음쳤다.

콰과과과과!

아미타불의 갑판 위로 연신 폭염이 치솟았다. 하층부에서도 대공포로 인한 폭발이 연달아 터져 나왔다. 아미타불의 내구도는 급속도로 임계점을 향해 치달았다.

"터지기 직전입니다!"

"폭격 방어용 배리어를 펼친다!"

중공군 기갑 병력이 배리어를 펼쳤다. 차수정을 비롯한 지상 전투원은 급히 그 안으로 피신했다.

번쩍!

지금까지와는 비교할 수 없을 정도의 섬광이 사위를 감쌌다. 지상을 500m가량 남겨놓은 상공에서 1만 톤급 비행 전함인 아미타불이 폭발을 일으켰다.

쿠구구구구!

막대한 열폭풍이 몰아쳤다. 그 불길과 회오리의 한가운데에서도 적시운과 무백의 전투는 끊이지 않고 이어지는 중이었다.

열기류를 거스르며 오가는 권장지각. 주위를 둘러싼 모든 것이 백열 속에 증발하고 있는데도 두 초인은 격전을 중단하지 않았다.

쾅!

마침내 두 개의 신형이 반대 방향으로 튕겨 나갔다. 그것도 아미타불의 폭발과는 별개. 그저 정면으로 충돌한 여파에 불과했다.

"놈이 추락한다!"

충혈된 눈으로 상공을 응시하던 남궁혁이 소리쳤다. 그나마도 그가 초고수이기에 간파한 것. 남들의 시야엔 하늘을 집어삼킨 붉은 폭염만이 들어올 따름이었다.

"동백 연합은 이곳에 대기! 데몬 오더는 전원 나를 따라와!"

"백호전도 간다!"

차수정과 남궁혁이 선두로 튀어 나갔다. 데몬 오더와 백호전의 전투원들은 일단 두 지휘관만 믿고서 냅다 달렸다.

휘리리리.

폭염이 그나마 잦아지자 전투원들의 눈에도 추락 중인 무언가가 포착됐다.

검붉은 불길에 휩싸인 파편. 굳이 크기를 가늠하자면 인간에 가깝기는 했다.

파앙!

불길에 휩싸인 그것이 돌연 방향을 변경했다. 그제야 전투원들도 그게 살아 숨 쉬고 있다는 걸 깨달았다.

"이쪽으로 온다!"

밀리아의 외침에 뒤이어 헨리에타가 방아쇠를 당겼다. 내달리던 중간에 저격을 펼치는 기행. 그럼에도 가우스 라이플의 탄환은 정확하게 미간을 노리고 날아갔다.

표적을 맞히진 못한 채 삽시간에 증발했다.

"장난질 따위로 노부를 해치울 수 있을 성싶으냐!"

불꽃이 뜯겨 나가며 무백이 나타났다. 수천 도의 고온을 뚫고 나왔다는 게 믿기지 않을 만큼 멀쩡한 모습이었다.

"이번에야말로 모조리 도륙을 내주마!"

"어림없는 소리!"

최선봉에 선 남궁혁이 복룡을 움켜쥐고서 일갈했다.

"합진 개행!"

외침에 맞추어 백호전 무사들이 인진(人陣)을 펼쳤다. 단번에 그 정체를 간파한 무백이 코웃음을 쳤다.

"토룡피뢰진(土龍避雷陳)! 그게 천뢰제왕심법에 대한 네놈의 해답이더냐? 그깟 잡기술로 노부에게 맞서려 하다니!"

남궁혁을 대꾸하지 않은 채 검강을 출수했다. 총력을 쏟아부은 창궁뇌륜쇄가 복룡의 검신 위에서 요동쳤다.

천뢰제왕심법의 후손이라 할 수 있는 뇌신제왕공. 그것을 기반으로 한 남궁가 제왕검의 최강 살초였으나 지금은 토룡피뢰진과 연계되며 토공(土功)의 성격을 띠게 되었다.

"최후의 발악치고는 제법이로군."

무백이 비웃음을 배제한 어조로 소리쳤다.

"하나 그것으로도 노부에겐 상처 하나 입힐 수 없다."

"상관없다."

남궁혁은 담담히 대꾸했다.

"당신에게 검을 들이대는 것은 비단 나뿐만이 아니기에."

쐐애액!

흑색의 폭풍이 남궁혁의 등 뒤로부터 터져 나왔다. 내내 여유 넘치던 무백의 눈에도 새삼 긴장이 감돌았다.

"네놈, 적시운!"

"오냐!"

질풍처럼 쇄도한 적시운의 신형이 무백의 옆구리로 파고들었다.

갑작스러운 육박에 무백은 반사적으로 우장을 때렸으나 찰나의 시간 차로 빗나갔다.

그의 팔 아래로 파고든 적시운이 오른발을 축으로 회전, 무백의 척추에 팔꿈치를 꽂아 넣었다.

"큭!"

단순한 팔꿈치 타격에도 거암을 분쇄할 힘이 집약되어 있다. 타격의 대부분이 호신강기에 상쇄되었지만 나머지만으로도 무백의 몸을 전방으로 날려 버리기엔 충분했다.

뒤이어 쇄도하는 남궁혁이 그곳에 있었다.

"하압!"

토룡피뢰진과 연계된 창궁뇌륜쇄가 무백의 명치를 향해 빨려 들어갔다. 적시운이나 무백 본인의 무위에 비한다면 실로 극미한 위력. 그러나 마냥 무시할 수준은 결코 아니었다.

"크윽!"

예상치 못한 일격에 무백이 미간을 찌푸렸다.

하나 그것은 시작일 뿐. 적시운이 재차 뒤에서 치고 들어오는 통에 변변한 반격조차 펼치지 못하고 회피해야 했다.

"이런 빌어먹을 놈들!"

머리끝까지 분노한 무백의 주변으로 핏빛 플라즈마가 일렁였다. 무시무시한 기운 앞에서 남궁혁이 황급히 소리쳤다.

"백호전! 방어진을 친다!"

"우리도 합세한다!"

차수정의 외침과 함께 데몬 오더가 진법을 펼쳤다.

백호전의 그것과 같은 토룡피뢰진. 극히 짧은 시간 동안 따라 펼친 것임에도 제법 그럴싸했다.

"그런 애들 장난 따위로 노부를 막을 성싶은가!"

"막을 수 있어."

일갈을 토하는 무백의 귓구멍으로 적시운의 음성이 파고들었다.

"내가 함께 있으니까."

"네놈!"

무백이 분노 속에서 항마무한장을 펼쳤다. 플라즈마와 연계된 소림 최강의 절초는 평소의 황금빛이 아닌 핏빛 섬광을 내뿜었다.

"선배! 이것을!"

차수정이 무언가를 던졌다. 급히 받고 보니 적시운의 애병인 운철검이었다.

쿠구구구!

단번에 검신을 타고서 수라강기가 폭주했다.

이윽고 발현되는 것은 천마검식의 최종 살초인 아수라검계(阿修羅劍界). 적시운이 펼칠 수 있는 가장 높은 효율의 공격 기술이었다.

"먹어라!"

무의 궁극에 이른 이상 초식과 형태는 무의미한 것.

그럼에도 최종 초식이라는 관념 때문인지 아수라검계의 위력은 여타 검강의 그것을 확연히 뛰어넘고 있었다.

번쩍!

흑색 검강과 핏빛 장강이 충돌했다. 대지 위로 거대한 태풍이 빚어지는 가운데, 상공에서는 아미타불로부터 떨어져 나온 불의 비가 쏟아지고 있었다.

콰과과과!

충돌로부터 흘러나온 강기의 줄기가 사방을 유린했다. 비유하자면 큰 물줄기로부터 갈라져 나온 지류의 일부분일 뿐. 하나 그것만으로도 전투원들에게 치명상을 입힐 정도였다.

"꺄아아악!"

"크아앗!"

타격을 받은 전투원들이 비명과 함께 쓰러졌다.

"선배가 대부분의 힘을 받아내고 방어형 합진까지 펼친 상태인데도 이 정도라니……!"

차수정은 온몸의 피가 차갑게 식는 것을 느꼈다.

자신들이 상대하고 있는 존재가 얼마나 경악스러운 괴물인지 새삼 알 것 같았다.

그러나 그 괴물도 절대적인 존재는 결코 아니다. 무백이 강기의 폭풍 속에서 튕겨져 나왔을 때, 차수정은 그렇게 확신했다.

5

쾌드드득!

"망할 것들……!"

대지를 부수며 미끄러진 무백이 몸을 일으켰다. 육체의 절반가량이 박살이 난 탓인지 목구멍을 비집고 나오는 음성은 잔뜩 왜곡되어 있었다.

"이 정도로 노부가 쓰러질 성싶더냐!"

스르르륵.

손상된 육체가 빠르게 수복되었다. 생물의 상식을 아득히 초월한 존재이기에 가능한 일.

그러나 재생에 따른 에너지 소모만큼은 감수할 수밖에 없었다. 신북경으로부터 막대한 전력을 흡수했음에도 부담이 느껴질 정도. 그만큼 많은 힘을 쏟았으며 많은 타격을 입은 것이었다.

그 사실에 무백은 격노했다.

"작작 발악하고 싹 뒈지란 말이다! 이 날파리 같은 오랑캐 놈들!"

꽈르릉!

무백의 양손에 강렬한 뇌강(雷罡)이 맺혔다. 그중 한 발이 동백 연합을 향해 격발되었다.

"쳇!"

적시운이 신형을 날려 뇌강을 쳐 냈다. 그러나 그것은 노림수. 같은 타이밍에 무백은 왼손의 뇌강을 상공으로 날렸다.

쾅!

하늘을 솟구친 금빛 섬전이 그대로 목표물에 적중했다. 천무맹의 호위함 중 하나였다.

번쩍!

거대 전함인 아미타불이나 삭월과 달리 호위함은 단 일격조차 버티지 못하고 터져 나갔다.

족히 천 톤은 넘는 규모임에도 이 정도. 배리어를 외부에 쳐놓고 있던 게 치명적이었다.

"무백!"

대성일갈을 토한 남궁혁이 쇄도했다. 그의 얼굴을 본 무백의 분노가 한층 강렬해졌다.

"은혜를 원수로 갚는 패륜아 놈! 네놈과 적시운만큼은 기필코 사지를 찢어발기리라!"

"찢기는 건 당신이다!"

남궁혁은 풍운십삼검(風雲十三劍)의 초식으로 공격해 들어갔다. 매번 창궁뇌륜쇄를 펼치는 건 아무래도 무리가 갔던 까닭이다.

하나 그것은 패착. 위력과 속도가 희미하게 감소됐을 뿐인데도 무백은 그 차이를 놓치지 않았다.

턱!

오른팔을 뻗은 무백이 덥석 복룡을 움켜쥐었다.

파츠츠츠!

풍운십삼검엔 토룡피뢰진의 묘리가 고스란히 담긴 상태. 토속성을 잔뜩 머금은 기운은 무백이 발하는 뇌기와 충돌을 일으켰다.

다색의 마찰열이 사위를 수놓는 것도 잠시.

"이까짓 고철 따위!"

우지직!

복룡의 칼날이 검강과 함께 종잇장처럼 우그러졌다.

"……!"

"뒈져라!"

쉬익!

무백이 반대편 손을 뻗어 남궁혁의 목젖을 움켜쥐려 했다.

"큭!"

남궁혁이 급히 목을 빼며 좌장을 펼쳤으나 무백은 간단히 궤도를 바꿔선 그의 왼쪽 손목을 움켜쥐었다. 그리고 그대로 끌어당겼다.

우지직!

"크악!"

남궁혁의 왼팔이 탈골되었다. 그나마도 순간적으로 상체를 틀어 끌려가 주었기에 망정. 어설프게 버티려 했다면 왼팔이 통째로 뽑혀 나왔을 터였다.

극심한 격통으로 인해 풍운십삼검의 기운이 이지러졌다.

잔인하게 웃은 무백이 그대로 남궁혁의 흉부를 발꿈치로 찍었다.

우득!

흉골과 늑골이 산산조각 나며 내장을 짓눌렀다. 남궁혁은 칠공으로 피를 쏟으며 고꾸라졌다.

꿈틀. 꿈틀.

간신히 호흡을 유지한 채 경련하는 모습. 백호전은 물론이요 동백 연합과 데몬 오더의 전투원들 또한 창백하게 질려선 바라만 볼 따름이었다.

"무백!"

적시운이 소리치며 쇄도했다. 평소대로라면 소리 없이 치고 들어갔을 것이나 남궁혁을 살리기 위해 어쩔 수 없이 시선을 돌릴 필요가 있었다.

"무르구나, 적시운! 물론 소리 없이 기습했더라도 노부에게 통하진 않았을 테지만!"

"너한텐 그렇게까지 할 필요도 없으니까!"

무백은 반송장이 된 남궁혁을 홱 내던지고서 적시운과 충돌했다. 그 여파에 휘날리는 남궁혁의 몸을 밀리아가 간신히 받아냈다.

"힐러 아무나 이리로 와!"

"안 돼! 자칫하면 진법이 깨질 수도 있어. 밀리아, 네가 힐러 쪽으로 데리고 가도록 해!"

"쳇!"

밀리아가 남궁혁을 어깨에 걸쳤다. 그의 고개가 달칵 숙여지더니 검붉은 핏줄기가 철철 흘러내렸다.

"주, 죽은 거 아니지?"

"빨리 와, 밀리아!"

이를 악문 밀리아가 냅다 달렸다. 그 뒤로 강기의 폭풍이 맹렬하게 몰아쳤다.

"내가 선배에게 합세하겠어요!"

장검을 움켜쥔 차수정이 소리쳤다. 밀리아의 바스타드 소드와 같은 재질인 플래티나 이스턴 롱소드였다. 남궁혁의 자리에 그녀가 서자 백호전 무사들이 땅에 병기를 꽂고서 내공을 쏟았다.

사람으로 이루어진 진법의 묘리가 발휘되어 토속성의 기운이 첨단에 자리한 차수정에게로 흘러들었다.

"후우……."

차수정의 이마에 땀이 송골송골 맺혔다. 본디 자신의 것이 아닌데다 속성마저 판이하게 다른 내공이다 보니 체내에 받아들이는 게 쉽지는 않았다.

그래도 그럭저럭 제어할 수 있게 되었다. 천마조차 감탄한 적이 있던 천부적인 자질 덕택이었다.

콰앙!

강렬한 폭발과 함께 두 초인이 튕겨졌다. 적시운도 무백도 내동댕이쳐지듯 대지 위를 굴렀다. 그 순간 무백이 보인 미세한 틈을 향해 차수정이 짓쳐 들어갔다.

"하앗!"

차수정은 전력을 다해 대지를 박찼다. 설하유운공에서 파생된 절세 경공인 백리유란(百里流瀾)이 펼쳐졌다.

그러나 무백이 더 빨랐다.

"어리석은 계집!"

어느새 몸을 수습한 무백이 반격에 들어가고 있었다.

기습하려던 차수정이 되려 먼저 당하게 생긴 상황. 하나 그전에 검은 섬전이 무백의 옆구리를 치고 들었다.

"크……!"

통렬한 일격에 무백이 침음을 토했다. 인간의 육체였다면 밭은 피거품을 뱉고도 남았을 타격. 천랑권의 오의가 담긴 적시운의 권격이었다.

그것은 끝이 아닌 시작. 내뻗은 왼쪽 주먹을 꼿꼿이 고정하고는 오른팔로 운철검을 끌어당겼다. 십이성 내공의 아수라검계가 무백을 향해 쇄도했다. 더불어 차수정의 검격 역시 사각으로부터 치고 들어왔다.

번쩍!

콰과과과!

대지를 짓이기는 열폭풍과 함께 무백의 몸이 갈가리 찢겼다. 인간이었다면 골백번 즉사하고도 남았을 타격. 그러나 걸레짝처럼 찢겨진 몸뚱이를 하고도 무백은 의식을 유지하고 있었다.

"빌어…… 먹을!"

한계가 다가온다. 마침내 손에 넣은 절대적인 힘에 도취되어 한동안 잊고 있던 사실. 그의 내공이 결코 무한대가 아니라는 점이 무백의 이성을 일깨웠다.

무백은 획획 고개를 돌려봤다. 수백 m 높이의 천공에 둘러진 돔형의 배리어, 곳곳에 자리 잡은 함선들과 중공군 병력, 자신을 포위 중인 백호전 무사들과 한국의 전투원들.

사방이 온통 적으로 얼룩진 가운데 그는 철저히 고독했다.

"……!"

가슴 한구석이 싸늘해지는 느낌에 무백은 전율했다. 자신에게 총부리를 들이댄 놈들 중 상당수가 본디 천무맹 소속이었다는 사실이 뼈아프게 다가왔다.

"천륜을 저버린 패악스러운 놈들! 간도 쓸개도 내줄 것처럼 떠받들 때는 언제고 이제 와서 노부에게 칼을 들이댄단 말이냐!"

갑작스러운 무백의 일갈. 백호전 무사들은 부끄러움보다는 황당함을 느끼며 이를 갈았다. 그것은 동백 연합과 데몬 오더도 마찬가지였다.

"저들이 당신을 버린 게 아니야. 당신이 저들을 저버린 거지."

"닥쳐라, 머리에 피도 안 마른 계집! 네년이 뭘 안다고 혓바닥을 놀려대는 것이냐!"

"머리에 피도 안 말랐을지는 몰라도, 당신이 잘못되었다는 것쯤은 알아."

차수정의 얼굴엔 증오보다도 동정심이 도드라졌다.

"당신은 불쌍한 사람이야."

"이년!"

무백이 차수정에게 짓쳐 들며 쌍장을 떨쳤다. 그러나 득달같이 달려든 적시운이 중간에 끼어들어 받아쳤다.

"당신 상대는 나잖아."

"네놈, 적시운!"

"내 이름 맞으니까 작작 좀 부르시지?"

"죽여 버릴 테다!"

무백의 금빛 강기가 한층 세를 불렸다. 적시운 역시 무리해가며 검극에 내공을 쏟아부었다.

투둑. 투두둑!

육체의 한계를 넘어선 내공 운용에 팔 곳곳에 피멍이 들었고 운철검의 검신에도 금이 갔다. 그것을 본 무백이 사납게 웃었으나 이내 움찔 놀라고 말았다. 그의 육체 또한 부서져 나가기 시작한 것이다.

"이래서야 백진율보다 조금 나은 수준밖에 안 되잖아. 좀 더 힘을 내보시지?"

"이, 이 빌어먹을 놈!"

"강기가 은근히 무뎌졌군. 공력이 바닥을 보이기 시작해서 그런 건가? 아니면 겁을 먹었기 때문일지도. 어쩌면 둘 다 해당될 수도 있겠네."

"네놈!"

빠직. 빠지직.

운철검의 검신에 균열이 생겼다. 그 순간을 기점으로 적시운의 강기가 무백의 기운을 압도하기 시작했다.

뿌득. 뿌드드득!

적시운의 근골이 비명을 질러댔다. 육체의 한계를 넘어선 힘의 운용. 팔 곳곳의 모세혈관이 터지며 피멍이 들었고 두 눈자위가 붉게 충혈되었다. 그 와중에도 미소를 짓는 모습에 무백은 순간 위축되었다.

"네, 네놈……!"

"댁한테 한 방 먹이기 위해서라면 좀 무리해도 돼. 내겐 잠깐이나마 뒤를 맡길 녀석들이 있으니까. 하지만 당신은 어떻지?"

그 한마디가 무형의 비수가 되어 무백의 폐부를 찔러 들었다. 마수의 혈청을 주입하면서까지 괴물이 되어버린 그였으나 인간의 감정이라는 요소를 완전히 저버리진 못한 것이다.

"나는, 노부는⋯⋯!"

"당신을 위해 싸워줄 이들은 지금 어디에 있지?"

무백의 시선이 어지러이 주위를 더듬었다. 하나 그곳엔 온통 적뿐이었다. 하늘과 땅 위에 점점이 존재하는 이들 중에, 그를 위해 싸울 이는 단 한 명도 없었다.

"백진율⋯⋯."

무백의 의식이 순간적으로 흐릿해졌다. 적시운은 그 순간을 놓치지 않았다.

"지금!"

"알겠어요!"

토룡피뢰진의 지원을 받은 차수정이 검격을 날렸다. 설하유운공의 최종 검식인 동토초래(凍土招來). 그녀가 펼칠 수 있는 가장 강한 기술이었다.

거기에 적시운의 아수라검계가 더해졌다. 절묘하게 서로를 상쇄하지 않는 선에서 맞물린 두 검초가 무백의 정면으로 빨려들 듯이 들이쳤다.

번쩍!

일순간 세상 위의 색채가 소멸했다. 존재하는 것은 오로지 흑과 백뿐. 찰나의 순간을 완전히 지배한 두 줄기의 검강은, 이윽고 파멸의 폭풍우가 되어 주변을 초토화시켰다.

"크아아아악!"

파괴의 향연 한가운데에 무백이 있었다. 적시운이 무리해 가며 날린 아수라검계는 마수의 코어에 대응되는 그의 핵심부에도 타격을 주었다.

차수정의 동토초래 또한 미약하지만 결코 무시할 수 없는 피해를 입혔다. 단순히 육체가 좀 소모되고 마는 수준이 아닌, 존재의 근간까지도 쥐고 흔드는 타격. 무백은 영혼이 찢겨 나가는 감각 속에서 절규했다.

"끄이야아아악!"

소름 끼치는 귀곡성에 모든 이의 가슴이 철렁했다.

뒤이은 후폭풍이 대지를 휩쓸며 전투원들을 밀쳐 냈다. 그 사이 무백의 몸은 하늘을 향해 치솟고 있었다. 갈가리 찢긴 걸레짝 같은 신세에 코어에도 타격을 입었지만 여전히 달아날 여력은 남아 있었다.

"놈이 달아나려 해!"

실눈을 뜬 밀리아가 목청껏 소리쳤다. 그것을 신호로 날카로운 총성이 바람을 갈랐다.

탕!

헨리에타의 가우스 라이플이었다. 앞서 손가락 하나로 가벼이 튕겨냈던 무백이었지만 걸레짝 신세가 된 지금은 그러지 못했다. 탄환은 한때 팔이었을 것으로 추정되는 위치를 관통했다.

"끄아아아아!"

고통에 찬 비명이 허공을 흔들었다.

같은 순간 적시운은 손가락 하나 까딱할 수 없었다. 운철검을 희생해 가며 펼친 아수라검계는 그의 양팔을 부순 걸로 모자라 심대한 내상까지 선사했다.

"선배! 괜찮으세요?"

적시운은 자신을 부축하러 달려오는 차수정을 눈빛으로 저지했다. 혀조차 마음대로 움직이지 못할 만큼 몸 상태가 엉망이었지만 시선을 통해 뜻을 전달하는 것쯤은 가능했다.

'지금이 기회야. 놈을 해치워!'

6

"크에에에엑!"

만신창이가 된 무백이 허공으로 솟구치며 몸부림쳤다. 갈가리 찢기고 곳곳이 녹아내린 몸뚱이는 몽둥이찜질을 당한 반죽 같았다.

인간의 형상이라고는 도무지 찾아볼 수 없는 흉측한 모습. 그런 상태로도 기어코 달아나고자 하는 집념은 소름 끼칠 정도였다.

비척거리며 솟구치는 무백의 위로는 전투 기함 삭월이 있었다.

"함선의 에너지를 흡수하려는 거예요!"

다급히 소리치는 차수정. 밀리아가 단숨에 땅을 박차고 훌쩍 뛰어올랐다.

"어딜 달아나려고!"

우-우-우-웅.

플래티나 바스타드 소드에 푸르스름한 검강이 맺혔다. 그것을 감지한 듯 무백의 육체도 변형을 일으켰다.

쉬리릭!

채찍처럼 뻗어 나오는 섬유질 줄기. 과장되게 도드라진 핏줄과 심줄 등이 어지러이 얽혀 있었다.

섬유질 줄기는 곧장 밀리아를 향해 쇄도했다. 앞선 것들에 비해 한참 뒤떨어지긴 했으나 여전히 빠르고 날카로운 공격이었다.

"하앗!"

밀리아는 피하지 않고 정면으로 맞섰다. 검격이 섬유질 줄기와 충돌한 순간 태산에 부딪힌 듯한 충격이 그녀의 몸을 강타했다.

"크흑!"

반사적으로 튀어나오는 핏물. 단 일격에 심대한 내상을 입었으나 밀리아는 붉게 물든 이를 악물고서 버텼다.

"이까짓 것쯤……!"

살짝 뒤로 당겨진 섬유질 줄기가 재차 휘둘러졌다. 두 번째 충돌에서 플래티나 바스타드 소드가 깔끔하게 분질러졌다.

"하앗!"

입 밖으로 피거품을 뱉으면서도 밀리아는 물러나지 않았다.

그녀는 검을 내던지고서 양팔을 뻗어 섬유질 줄기를 붙들었다. 무백의 육체가 거칠게 요동을 쳤으나 그녀는 죽을힘을 다해 붙들고 버텼다.

그 덕에 무백의 상승 속도가 현저히 느려졌다. 가히 영웅적이라 할 수 있을 위업이었다.

"우리도 간다!"

"놈이 허튼짓을 벌이지 못하게 막아!"

동백 연합과 백호전, 데몬 오더의 전투원들이 총공세를 시작했다. 이에 맞서려는 듯 무백의 몸이 격하게 팽창했다.

촤르르륵!

더 이상 인간의 형상은 찾아볼 수가 없는, 수백 구의 시체를 마구 짓이겨서 뭉쳐 놓은 듯한 살점 덩어리. 그로부터 수십 개의 섬유질 줄기가 촉수처럼 뻗어 나왔다.

몇 가닥의 촉수 다발이 밀리아를 후려쳤다.

"젠…… 장……!"

밀리아는 더 버티지 못하고 땅을 향해 곤두박질쳤다.

"그녀를 지켜야 한다!"

"무슨 수를 써서라도 놈을 저지해라!"

백호전 무사들이 합공으로 촉수들을 쳐 냈다. 그 과정에서 적지 않은 수가 부상을 입었지만 무사들은 뒤로 물러나지 않았다. 그 틈을 타 신형을 날린 그렉이 밀리아를 받아냈다.

"총공격 개시!"

차수정의 외침에 따라 전 병력이 집중 공격을 시작했다.

콰과과광!

갖가지 초식과 이능력의 공세가 촉수들을 향해 몰아쳤다. 후려치거나 흘려내는 식으로 방어하던 섬유질 줄기들이 결국 집요한 공세를 버티지 못하고 물러나기 시작했다.

"우리도 가세한다!"

"동백 연합의 이름으로 저 빌어먹을 마수 새끼를 격멸한다!"

후방으로부터 잇따른 포성이 터져 나왔다. 중공군과 공중 전함들의 원거리 지원 포격이 시작된 것이었다.

이능력과 무공뿐 아니라 포탄과 이온 블라스트까지 더해진 갖가지 공격이 무백을 향하여 빗발처럼 쏟아졌다.

크에에에엑!

무백이 토해내는 비명은 더 이상 인간의 그것이 아니었다. 그저 마수 특유의 소름 끼치는 괴성일 뿐이었다.

"적시운의 절초가 제대로 먹혔다. 놈은 상처 입은 코어를 지키기 위해 육체를 무작정 부풀렸고, 그 통에 제대로 된 형태를 유지하지 못하게 됐다. 무공이 아닌 촉수 공격 따위를 택한 것도 그 때문이고."

나직한 어조로 설명을 늘어놓는 그렉. 그의 부축을 받고 있던 밀리아가 힘겹게 실눈을 떴다.

"알았으니까 자꾸 쫑알거리지 좀 마, 머리가 떵하단 말이야."

"시시껄렁한 소리나 하는 걸 보니 당장 죽지는 않을 것 같군."

"누가 죽는다는 거야? 재수 없게."

"흠."

두 사람이 대화를 나누는 사이에도 공세는 집요하게 이어졌다.

"숨 돌릴 틈도 줘선 안 된다! 놈이 탈진할 때까지 계속 몰아쳐!"

"지금의 놈은 조금 크고 신경질적인 표적에 불과하다! 겁먹을 것 없이 마음껏 공격을 때려 부어!"

무백이 무서웠던 점은 막대한 에너지를 무공으로 발현한다는 것이었다. 거기서 첨단 기술로도 따라잡지 못할 가공할 속도와 파괴력이 나왔던 것이다.

하나 지금은 그렇지 않았다. 적시운이 코어에까지 타격을 준 탓에 육체가 균형을 잃고 만 것이다.

반인반마(半人半魔)이던 상태에서 인(人)의 요소가 급격히 축소되고 마(魔)만이 남았다. 그리고 그 마의 요소는, 가루다에게서

추출하고 다수의 약품 처리를 거친 혈청에 남아 있던 액기스.

태생적으로 불안정한 요소일 수밖에 없었다. 때문에 현재의 무백은 기괴한 식으로 폭주하게 되었다. 신북경에서 흡수한 막대한 에너지를, 기껏해야 촉수 따위에나 쏟아붓는 꼴이 된 것이다.

연합군에게 있어선 절호의 기회였다.

"오로지 악행만을 일삼아 온 저 괴물을, 우리들 인간의 손으로 처단하는 거다!"

"기나긴 천무맹의 압제를 오늘 이 자리에서 끝낸다!"

지휘관들이 목청껏 전투원들을 독려했다. 이능력과 무공, 화약과 이온의 파상 공세가 신북경의 허공을 다색으로 수놓았다.

쿠구구구……!

집중 공격을 버티지 못한 무백의 육체 곳곳이 붕괴되었다. 그럼에도 여전히 대량의 에너지가 남아 있다는 듯 깎이고 뜯겨 나간 부위가 빠른 속도로 재생되었다. 공격에 가담한 이들도, 배후에서 지켜보는 이들도 피가 마를 지경이었다.

"빌어먹을 괴물 새끼!"

"이제 제발 좀 죽어라……!"

초조하고 피 말리는 줄다리기가 한동안 지속되었다. 특히나 지휘관들은 공세를 유지하는 와중에도 혹시 모를 변수의 가능성을 예의주시했다.

"……차수정."

"아!"

하늘을 노려보던 차수정이 고개를 돌렸다. 그녀의 품에 안겨 있던 적시운이 느릿하게 입을 달싹였다.

"놈은, 무백은 지금 어떻지?"

"무지막지한 재생력 덕에 집중 공격을 버텨내고 있어요. 다행히 반격을 펼칠 여력까진 없는 듯하지만요."

"그게 전부야?"

"잠시만요, 선배. 조금만 더 살펴볼게요."

안력에 집중한 차수정이 허공을 주시했다. 연신 터지는 불꽃과 연기의 향연으로 인해 시야가 깔끔하지 못했고, 특이점을 찾아내는 것도 쉽지는 않았다.

하지만 그녀는 끈기 있게 관찰을 계속했다. 무백이 이대로 당하기만 하진 않으리란 불길한 확신이 있었기 때문이다.

마침내 그녀의 입이 살짝 벌어졌다. 흘러나온 목소리엔 희미한 경악이 어려 있었다.

"위쪽으로…… 조금씩이지만 상승하고 있어요."

지금 무백의 모습을 보자면 큼직한 덩어리에 융털 같은 줄기들이 다닥다닥 붙어 있는 형태라 할 수 있었다.

집중 공세가 퍼부어지는 곳은 당연하게도 덩어리 부분. 아무래도 그것이 본체라고 생각할 수밖에 없었던 까닭이다.

한데 그 수많은 줄기 중 하나가 상공을 향해 직립한 섬유질 줄기 하나가 꾸준히 늘어나고 있었다. 꼭 옛이야기 속에 나오는 콩나무 줄기처럼.

차수정은 거기에 한 가지 가정을 덧붙였다.

"만약 본체가…… 저 거대한 덩어리가 아닌 줄기라면……."

"네 생각이 아마도 맞을 거야."

적시운이 어느 정도 안정된 어조로 말했다. 그래도 여전히 운신에는 무리가 있었다.

"내 감각도 그렇게 말하고 있어. 놈의 핵심은 거대한 덩어리가 아닌, 저 줄기에 있노라고."

"그렇다면……!"

"저지해야 해. 놈은 반드시 가장 가까운 곳에 있는 함선에 숨어들려고 할 거다."

에너지를 흡수하기 위해!

차수정은 고개를 높이 쳐들었다.

뻗어 오르는 무백의 바로 위, 거대한 불꽃과 연기가 솟구쳐 오르는 지점의 상공에 거대한 함선이 떠 있었다. 천무맹의 기함인 삭월이었다.

-실로 무시무시한 집념이구려, 사형. 세상 모두가 등을 돌렸음에도 여전히 포기하지 않고 맞서시다니.

삭월의 지휘실. 순천자의 홀로그램이 씁쓸히 중얼거리고 있었다.

-그 의지와 끈기가 올바른 방향으로만 발현되었어도 이 나라와 천무맹, 나아가 아시아의 운명이 완전히 달라졌을 것을……

지휘실 안엔 그뿐이었다. 승무원들에겐 탈출 명령을 내린 뒤. 지금 이 순간에도 비상 탈출용 포드(Pod)와 함재기들이 바삐 빠져나가고 있었다.

섬유질 줄기 중 하나가 삭월을 향해 뻗어오고 있다는 것도, 그 안에 무백의 코어가 속해 있다는 것도 순천자는 알고 있었다.

하지만 삭월을 현 위치에서 이동시킬 생각은 없었다. 현재 삭월은 함선들이 펼쳐 놓은 배리어를 총괄하고 있었다.

현 위치를 벗어나는 순간 배리어도 해제될 터. 그렇게 되면 무백에게 퇴로를 열어주는 셈이었다. 때문에 현 위치를 진득히 고수할 수밖에 없었다.

물론 그 경우 무백은 삭월에 침입, 동력원의 에너지를 흡수하려 들 터였다. 순천자는 그에 대한 대책도 마련해 둔 뒤였다.

-그러니 이제 그만 떠나려무나, 엘레노아.

"대장로님……."

홀로그램의 등 뒤에서 들려온 대답. 반쯤 열린 차폐문 앞에 엘레노아가 서 있었다.

-조만간 사형이 이곳에 들이닥칠 거란다. 그렇게 되면 너를 보호해 줄 자신이 없구나. 그러니 속히 떠나도록 하거라.

"대장로님도 함께 떠나요."

순천자는 쓴웃음을 지었다.

-힘들다는 걸 알지 않느냐.

총 용량 1.5테라바이트의 유사 인공지능 프로그램. 그것이 현재의 순천자를 정의하는 표현이었다.

프로그램은 그것이 깔리고 구동되는 체계 없이는 존재할 수 없다. 이 근방에서 오로지 삭월과 아미타불에만 탑재되어 있는 대용량 서버. 그것이 순천자라는 프로그램을 존재하게 해주었다. 다시 말해 서버 없이는 그도 존재할 수 없다는 뜻이었다.

-나의 운명은 삭월과 함께할 수밖에 없단다. 하지만 너는 그렇지 않으니, 네 운명의 자리를 찾아 떠나거라.

"대장로님을 홀로 두고 갈 수는 없어요."

-혼자가 아니란다.

순천자의 홀로그램이 엘레노아에게 다가가 그녀의 머리에

손을 얹었다. 비록 체온도 무게도 존재하지 않는 영상에 불과했지만, 엘레노아는 머리칼을 쓰다듬는 따스한 손길을 느낄 수가 있었다.

-가거라. 앞으로는 너 자신을 위한 삶을 살거라.

눈물 맺힌 눈으로 순천자를 올려다본 엘레노아가 몸을 돌려 지휘실을 나섰다. 그 뒷모습을 처연히 바라보던 순천자가 선내의 다른 공간으로 의식을 옮겼다.

삭월의 하부 갑판.

반파된 해치의 틈새로 기어들어 오는 섬유질 줄기가 있었다. 구멍을 비집고 들어가는 벌레처럼 꿈틀대던 그것은 잠시 후 도마뱀의 꼬리처럼 뚝 끊어졌다. 차이가 있다면 이쪽은 끊어져 나온 쪽이 본체라는 것.

뜯겨진 내장, 혹은 살점과 같은 흉물스러운 덩어리. 그것이 이내 인간의 형상을 갖추기 시작했다.

'이것이야말로 최후가 되겠군.'

순천자는 속으로 생각했다.

'지나치게 긴 시간을 영위해 온 망령들의 최후가…… 말이야.'

7

"놈의 움직임이 멈췄습니다!"

"계속되던 재생 현상도 정지됐습니다!"

끈질긴 공세를 버티면서도 촉수를 휘둘러 반격하던 무백이 일순 정지했다. 마치 완전히 말라붙은 석고상처럼. 전투원 모두가 기대 반 불안 반의 심리로 상황을 주시했다.

"각 길드장으로부터 공격을 계속해야 하냐는 문의가 들어오고 있습니다."

동백 연합의 기함. 모니터를 바라보던 임성욱이 운을 뗐다.

"결코 방심할 수 없으니 공세를 유지하라고 전하도록."

공격을 중지해야 하는 상황이라면 차수정이나 적시운 측에서 연락이 왔으리라.

지금껏 말이 없다는 건 바뀐 게 아무것도 없다는 뜻. 임성욱은 그렇게 생각하기로 했다.

중공군과 백호전, 데몬 오더도 공격을 멈추지 않았다. 무백의 몸뚱이는 더 이상 재생되지 않았지만 자체 방어력이 워낙 높은 탓에 쉽사리 붕괴되진 않았다.

"그럼 부서질 때까지 후려갈기면 그만이지! 전부 가지고 있는 거 있는 대로 때려 박아!"

풀 플레이트 메일을 장비하고서 고래고래 소리치는 김계진. 소피를 비롯한 다른 길드장들의 핀잔이 뒤따를 법도 한데, 다들 긴장한 탓에 신경도 쓰지 못했다.

적개심이나 전의보다는 혹시 모를 불안감에 공격에 박차를 가하는 상황. 이 자리에서 반드시 무백을 끝장내야 한다는 걸 모두들 실감하고 있었다.

쿠궁. 쿠구구궁······!

먼 지상으로부터의 여파가 삭월의 선체를 뒤흔들었다.

그 진동 속에서도 순천자는 일말의 미동조차 없이 서 있었다.

그리고 그 앞. 붉고 푸른 핏줄과 힘줄을 마구 뒤섞어 놓은 듯한 섬유질 덩어리가 꿈틀대고 있었다.

뿌득. 뿌드드득.

대략 비슷한 형상을 갖추긴 했으나 여전히 인간과는 거리가 먼 모습이었다. 마치 자신의 원래 모습을 잊어버린 듯했다. 순천자는 그 살점 덩어리를 향해 말을 건넸다.

-기어코 다시 찾아오셨구려, 사형.

불룩.

머리가 아닌 흉부, 마구 뒤엉킨 정맥 사이로 충혈된 눈알이 불쑥 돌출되었다. 눈동자가 이리저리 구르며 순천자의 홀로그램을 살폈다. 이윽고 어딘지 모를 부위에서 기괴한 음성이 흘러나왔다.

"힘······ 내공······ 죽음. 너희······ 증오······."

귀 기울여 듣지 않는다면 알아듣기도 힘들 언어. 더군다나 현대 중국어와는 발음과 성조 등이 판이하게 다른 고어였다. 그리운 언어 앞에서 순천자는 쓰게 웃었다.

-많은 것을 잃으셨구려. 그런데도 아직 싸우려는 것이오?

"죽이…… 겠다!"

촤악!

동아줄처럼 배배 꼬인 섬유질 줄기가 뻗어 나왔다. 순천자를 노리고 날아든 줄기는, 그러나 홀로그램을 뚫고 지나가 애꿎은 철벽만 우그러뜨렸다.

-나는 그저 허깨비일 뿐이라도, 사형.

무백은 순천자의 말을 들은 척도 하지 않았다. 벽을 구겨놓은 촉수가 회수되나 싶더니 더욱 강렬한 기세로 휘둘러졌다.

콰지직!

막대한 힘이 실린 섬유질 촉수가 삭월의 내부를 찢어발겼다. 하층부 장갑을 종잇장처럼 뚫고 나온 촉수가 마구 휘둘러지며 선체의 아래쪽을 걸레짝으로 만들어 놓았다.

"놈이 저 안에 있어!"

내부에서부터 뜯겨 나가는 삭월을 발견한 밀리아가 소리쳤다. 그렉이 곧장 차수정을 돌아봤지만 그녀는 보이지 않았다.

"저곳으로 향했어."

그 근처에 있던 헨리에타가 설명해 주었다. 시선은 여전히 삭월에 고정한 채.

"적시운과 함께."

쿠구구궁.

잇따른 충격에 삭월의 선체가 마구 흔들렸다. 적색경보가 켜진 선내를 무백이 내달렸다.

목적지는 이온 연료 저장고. 신북경의 전력엔 미칠 정도는 아니지만 어마어마한 양의 에너지가 담겨 있다는 것만은 분명했다. 그리고 순천자의 계획 역시, 그곳으로 무백을 유인하는 것이었다.

-삭월의 자폭 시퀀스를 가동한다.

순천자는 삭월의 내부 OS를 향해 명령했다. 단번에 암호가 무력화되고 자폭 카운트다운이 시작되었다.

-우리의 악연은 이렇게 끝날 것이오.

복도 곳곳에 장치된 스피커를 통해 순천자의 음성이 흘러나왔다.

무백은 그저 성큼성큼 걸음만 디딜 뿐 아무 반응도 보이지 않았다. 순천자도 그의 반응엔 신경 쓰지 않은 채 자신의 말을 늘어놓았다. 어쩌면 그저 자기 자신을 향한 독백인지도 모를 말이었다.

-생각해 보면 오래전에 사라졌어야 할 운명이었지. 하늘의 뜻을 거스른 우리에겐 이런 최후가 어울릴지도 모르오.

순천자라는 도호는 순천명(順天命)에서 따온 것. 그러나 그 이름과 달리, 순천자는 세상의 섭리를 저버리고서 역천명의 삶을 살아왔다.

-우화등선한 신선들은 영겁의 세월을 살아간다지. 하지만 우리는 그러지도 않은 채 수백 년을 살았소. 득도하기 위한 깨달음을 얻지도 못한 주제에 죽음이 두려워 필사적으로 도망다닌 것이오.

"……."

-이제 그 도피를 끝내도록 합시다. 이 삭월과 함께.

우뚝.

무백이 돌연 걸음을 멈추고서 으르렁거렸다. 인간을 닮아 있던 달걀형의 머리가 짐승의 그것처럼 길쭉하게 늘어졌다.

쩌어억.

머리통이 마치 늑대의 아가리처럼 반으로 갈라졌다. 톱날 같은 이빨들 사이로 걸쭉한 체액이 흘러내렸다.

"네놈의…… 얕은 수작…… 모를 줄 알았더냐."

-……!

깜짝 놀란 순천자가 홀로그램으로 나타났다.

-지성이 돌아올 만큼 회복됐단 말인가?

"나는…… 결코 패배하지 않는다."

촤아아악!

무백의 팔다리로부터 어마어마한 양의 섬유질 촉수가 뻗어

나왔다. 마치 뿌리처럼 뻗어 나온 촉수들이 벽을 뚫고 나아가 삭월의 선체 곳곳에 얽히고 박혔다.

뿌드드득!

삭월은 그물에 마구 엉킨 물고기 신세가 되었다. 이윽고 선체가 빠른 속도로 대지를 향해 추락하기 시작했다. 선체를 옭아맨 무백이 아래쪽으로 끌어당긴 것이다.

떨어져 내리는 삭월의 행선지는 신북경 지하 도시. 정확히는 앞서 무백이 직접 만들어 놓은 싱크홀을 향해 추락하고 있었다.

-큭!

순천자는 황급히 자폭 카운트를 정지시켰다. 그 사실을 간파한 무백이 야수의 아가리로 웃었다.

"네놈이라면 그럴 줄 알았다. 주절거릴 시간에 바로 자폭하는 게 차라리 나았을지도 모르지. 그래 봐야 내가 죽을 일 따윈 없었겠지만."

-…….

"지금이라도 자폭시키지 그러느냐? 도시 하나와 지상의 놈들을 저승길 동무로 삼게 되겠지만."

순천자는 이를 악물었다. 사실 무백이 지적한 부분 때문에 그는 곧장 자폭에 들어가지 못했다. 본래 위치에서 그냥 터졌다간 근방의 함대는 물론 지상의 병력도 폭발에 휘말릴 터였기 때문이다.

원래 계획은 무백을 실은 채 성층권 고도로 상승, 그곳에서 자폭하는 것이었다. 하지만 무백이 도중에 이성을 되찾은 탓에 모든 게 엉망이 되었다.

"너는 실패했다, 순천자."

무백이 씩 웃었다. 여전히 본래 모습을 되찾지 못한 상태였기에, 그 미소는 실로 그로테스크했다.

"네놈의 알량한 계획이 내 숨통을 트여주었다. 이제 나는 같은 실수를 반복하지 않을 것이다. 착실히 에너지를 흡수해 힘을 비축할 것이다. 어느 누구도 감히 맞서지 못할 힘을…… 저 신북경을 제물 삼아서!"

투두둑!

무백의 몸이 돌연 휘청거렸다. 그가 사방에 뻗쳐 놓은 촉수들이 모조리 끊어져 나갔다. 후방에서 날아든 검강 때문이었다.

"뭣……!"

"고도를 높여요!"

차수정의 목소리였다. 퍼뜩 정신을 차린 순천자가 삭월의 OS에 접속, 비행 고도를 상승시켰다.

우우우웅……!

거대한 구멍을 향해 추락하던 삭월이 가까스로 선회하여

치솟아 올랐다. 선체 곳곳에 뿌리 내린 촉수들이, 조금 전의 공격으로 본체와 단절되어 힘을 잃은 덕분이었다.

"이 빌어먹을 년!"

격노한 무백이 재차 촉수들을 뻗으려 했다. 몇 가닥은 차수 정에게 날리고 나머지는 다시금 삭월에 뿌리내리려는 계획이 었으나, 그에 앞서 쇄도해 온 신형에 의해 모든 것이 망쳐졌다.

"회복된 건 네놈만이 아니거든."

"적…… 시운!"

콰득!

수라강기를 실은 권격이 무백의 흉부를 관통했다. 손아귀로 부터 뿜어져 나온 흑룡이 무백의 몸을 무자비하게 휘감았다.

"크…… 으아아아!"

짐승의 포효와 함께 무백이 있는 힘껏 몸부림쳤다. 뒤엉킨 두 신형이 사방으로 날뛰며 선내를 부숴놓았다. 그 와중에도 적시운은 집요하게 무백을 붙들고 놓아주지 않았다.

"놈은 내가 처리할 테니 너는 먼저 빠져나가!"

"저도 같이 싸우겠어요!"

"방해만 될 뿐이야!"

차수정이 입술을 깨물었다. 토룡피뢰진의 지원도 없는 지금 그녀의 전력이 어떠한지는 본인이 누구보다도 잘 알고 있었다.

"그렇다면 최소한……"

차수정은 적시운을 바라보며 중얼거렸다.

"이 자리에 함께 있겠어요."

"너……!"

적시운이 미간을 구겼지만 그녀를 윽박지르진 못했다. 무백의 발광으로 인해 그럴 겨를이 없었던 것이다.

"죽여 버릴 테다! 네놈만은 반드시 죽일 테다, 적시운!"

"아니, 내가 너를 죽일 거다."

"크아아아!"

콰드드드드!

흑색의 강기와 금빛 강기, 판이하게 다른 두 기운이 삭월의 선내를 마구 내달렸다.

폭주하는 기운들이 불길처럼 갑판을 뚫고 나오는 가운데, 삭월은 위태로운 비행을 이어 나갔다. 당장에라도 터질 것 같으면서도, 기어코 버티고 버티며 고도를 높이는 삭월. 전장의 모두가 넋을 잃은 채 그 광경을 바라봤다.

"……!"

"아……."

그들이 본체라고 생각했던 거대한 덩어리는 완전히 붕괴해 버린 뒤였다.

무백의 본체가 향한 곳이 어딘지, 적시운과 차수정이 어디로 사라졌는지 모두가 알게 된 뒤. 그러나 감히 도우러 갈 엄두를 낼 수 없었다.

삭월은 이미 다른 함선들보다도 높은 고도에 있었고, 언제 폭발할지 모르는 상황이었다. 도우러 가기도 애매한 상황인데다 도움이 될지조차 확실하지 않았다. 무엇보다도 도움이 필요하다면 적시운 본인이 요청했을 테고.

남은 이들로선 그저 승리를 기원하며 지켜보는 수밖에 없었다.

"시운 님은 반드시 돌아오실 거야, 그렇지?"

동의를 바라는 밀리아의 질문. 그러나 대답하는 이는 없었다. 헨리에타도 그렉도 그저 주먹을 움켜쥔 채 초조하게 하늘을 올려다볼 따름이었다.

"기함 '삭월'의 근방으로 파견한 무인 드론이 대부분 파괴되었습니다. 선체 주위로 몰아치는 특수한 성질의 폭풍 때문인 것으로 추정됩니다."

"마지막 드론이 보내온 자료에 의하면 삭월의 선내 온도가 지속적으로 상승 중이었습니다."

오퍼레이터들의 보고를 들으며 임성욱은 이를 악물었다.

"선내 온도 상승은 자폭의 징후인가?"

"꼭 그렇지만은 않습니다. 다만 정황을 통해 추정했을 땐 꼭 자폭이 아니더라도……"

"폭발이 일어나리라는 거군."

"그렇습니다."

이제 삭월은 대류권을 벗어나 성층권에 접어들었다. 그 와중에도 두 강기의 회오리는 선체를 마구 부숴가며 맞부딪치고 있었다.

그 충돌이 극한에 이르렀을 때.

팟!

거대한 섬광이 하늘에 펼쳐졌다.

삭월이 폭발하며 쏟아낸 순백의 광채였다. 그 사실을 깨달았을 때 진영을 불문한 모두가 탈진 상태에 빠졌다. 정신적으로나 육체적으로나.

마침내 천무맹과의 기나긴 전쟁이 마무리되는 순간이었다.

제54장
Aftermath(1)

1

아시아 전역을 배후에서 지배해 온 무력 집단 천무맹이 멸망했다.

모든 것은 삽시간에 이루어졌다. 실질적인 전투 기간은 사흘 남짓. 필리핀에서부터 시작된 전투까지 포함하더라도 한달 남짓한 기간에 불과했다.

하나 그 기간 동안 일어난 일은 실로 천지개벽. 아시아 각국의 세력 판도가 송두리째 뒤집힐 수준이었다.

우선은 중국의 몰락.

천무맹과 더불어 한반도를 침공한 중공군은 궤멸적인 타격을 입고 물러났다. 물론 전 병력에 비하자면 일부에 불과하긴 했으나 결코 작은 타격이라 치부할 수 없었다.

수도인 신북경 지하 도시가 심대한 타격을 입었다는 점도 컸다. 직경이 100m를 넘는 거대한 싱크홀이 생기는 과정에서 대량의 토사가 발생, 수천 명의 인구가 그대로 파묻혔다.

황룡성 부근에서 시작된 전투 또한 막대한 희생자를 냈다. 그 모든 과정에서 일어난 파괴의 도미노 현상은 도시 전체에 영향을 끼쳤다.

직, 간접적 사상자를 모두 합치면 10만 명에 이른다는 조사가 나올 정도의 타격. 인명 피해가 그 정도이니 재물 피해가 어느 정도일지는 생각할 것도 없었다.

중국이 입은 타격은 이에 그치지 않았다. 표면적으로나마 일당독재를 해오던 중화당은 심인평을 포함한 수뇌부의 요인들을 잃었다.

운 좋게 살아남은 이들도 이번 전쟁에 대한 비난의 화살을 피하지 못하게 됐다. 기실 그들이야말로 천무맹의 번견이나 다름없는 자들이었던 것이다.

천무맹이란 암 덩어리를 잘라냈으나 그 과정에서 너무 많은 기력을 소모해 쇠약해진 것이 지금의 중국이었다.

반대로 대약진하며 아시아의 중심으로 떠오른 국가는 역시 한국이었다.

한국이 입은 피해도 결코 작지는 않았다. 다만 그 사상자의 대부분이 전투원이었으며, 중국과 달리 대민 피해가 전무했다.

무엇보다도 한국은 승전국. 더불어 천무맹 휘하 세력과 천마신교로 대표되는 중국 내 소수민족의 지지를 받게 됐다는 점이 크게 작용했다.

그럼에도 불구하고, 한국 수뇌부의 분위기는 그리 밝지 않았다. 한 사람의 미귀환자 때문이었다.

"수색 결과는 어떻습니까?"

"삭월에서 떨어져 나온 것으로 추정되는 그을린 파편들을 발견했습니다만 폭발 과정에서 떨어져 나온 파편인지는 좀 더 조사해 봐야 합니다."

"생존자의 흔적은 없었습니까?"

"예, 아직까지는……."

"그렇군요. 알겠습니다."

권창수는 새어 나오는 한숨을 참으며 몸을 돌렸다. 모니터에 고정되어 있던 시선들이 그의 얼굴로 집중됐다.

전후 처리를 위해 마련된 수뇌부 회의. 전쟁 영웅이라 불려도 손색이 없는 이들이 원탁을 빙 두르고 있었다.

데몬 오더 한국 지부를 대표하는 백현준과 김무원, 동백 연합의 의원장인 임성욱과 상위 길드장들, 천마신교의 장로들과 엘레노아, 데몬 오더의 초대 멤버인 헨리에타 일행, 그리고 이번 전투의 총지휘관이었던 김성렬까지. 이 전투를 기점으로 전설이 되어버린 이들이었다. 정작 그 방점을 찍을 인물이 없다는 게 아이러니했지만.

"보고 내용을 들었으니 아시겠지만, 적시운 님과 차수정 님에 대한 조사는 아직 진행 중에 있습니다."

초대형 비행기함 삭월과 함께 사라져 버린 두 사람. 마지막 순간까지 무백과 전투를 벌인 두 사람은 삭월의 폭발한 뒤로도 돌아오지 않았다.

한국 정부는 곧장 수색대를 편성하여 파견했다. 그리고 성층권에서 폭발한 삭월의 파편이 떨어진 지점을 마침내 찾아냈다.

그러나 생존자는 발견되지 않았다. 적시운도, 차수정도.

"역시 직접 가 봐야겠어!"

밀리아가 의자를 밀치며 일어났다. 버서커의 무지막지한 근력에 의해 밀려난 의자가 쑥 밀려나 벽에 부딪혔다.

"드론이나 비행선이 빨빨거리며 돌아다니는 것보다 우리가 확인하는 편이 확실하다니까?"

"밀리아 양, 삭월의 파편이 발견된 곳은 다름 아닌 고비 사막입니다."

검은 안식일 이후 지구상에서 인간이 영유하던 면적은 급격히 축소되었다. 특히나 그런 현상이 두드러진 곳은 원래부터 인간이 살기에 열악했던 환경들. 고비 사막은 그중에서도 으뜸이라 할 수 있었다.

과거에도 130만 제곱 ㎞에 이르던 어마어마한 면적은 검은 안식일을 거치며 두 배가량 늘어났다. 중국 북부를 두르던 영역이 남서 방향으로 뻗어, 몽골과 위구르 등지까지 아우르게 된 것이다.

모니터 위로 사막의 광경이 펼쳐졌다. 무인 드론에 의해 촬영된 영상이었다.

끝없이 펼쳐진 작열의 땅 위로 아직까지도 검은 연기를 토해내는 비행선의 파편이 존재했다.

"사막이 뭐 대수라고? 좀 더운 것쯤이야 얼마든지 참을 수 있어."

"사막이 두려운 이유는 기후 때문이 아닙니다."

"그럼 무엇 때문인데?"

"마수 때문이겠지. 뻔한 것 아냐?"

시큰둥하게 대꾸하는 이는 소피 로난이었다. 그녀를 돌아본 밀리아의 눈썹이 꿈틀댔다.

"샌드웜 따위는 몇 번이고 잡아봤어. 눈 감고도 해체할 수 있을 지경이라고."

"그쪽이 약하다는 소리를 하려는 게 아냐. 저 동네에선 에픽 샌드웜도 발에 밟힐 지경이라는 얘길 하고픈 거지."

"발에 밟히면 밟히는 대로 썰어버리고 나아가면 돼!"

"……저 무식한 말에 동의하는 것은 아니지만."

밀리아가 홱 고개를 돌려 노려봤다. 차분히 운을 뗐던 그렉이 신경 쓰지 않고서 말을 이었다.

"우리가 직접 조사하러 가는 편이 효율적이라는 것은 확실하다. 추가적인 전투가 예정된 게 아닌 이상은 굳이 우리라는 전력을 놀릴 필요는 없을 텐데?"

"체력이 염려되는 거라면 걱정하지 않으셔도 돼요. 마수를 사냥할 여력쯤은 얼마든지 있으니."

"그건 저희도 마찬가지입니다."

헨리에타와 백현준이 잇따라 말을 꺼냈다. 초조하기도 하고 달뜨기도 한 얼굴로 연신 눈치를 보던 엘레노아가 손을 들었다.

"저, 저도!"

장내의 시선이 그녀에게 집중됐다. 엘레노아의 두 볼이 홍조를 띠었다.

"저도 함께 가고 싶습니다. 여러분과 함께 시운 님을 찾고 싶어요."

"어, 그리고 보니."

밀리아가 그녀와 장로들을 가리켰다.

"누구시더라?"

"천마신교의 호법당주 엘레노아 안드레스입니다. 이분들은 본교의 장로님이시고요."

모욕적으로 느껴질 법도 했으나 엘레노아는 내색하지 않고서 차분히 대답했다.

밀리아를 끌어당겨 앉힌 헨리에타가 대신 묵례했다.

"아시는 분들은 다 아시겠지만."

권창수가 말했다.

"그녀를 비롯한 천마신교의 멤버들은 이번 전쟁의 키 카드 역할을 해주었습니다. 그들이 아니었다면 그리 쉽게 중공군을 몰아낼 순 없었을 겁니다."

"시운 님은 저희의 천마이십니다. 그분께서는 부정하시지만……."

고개를 살짝 숙인 엘레노아가 얼굴을 붉혔다.

"그분이 명령하신다면 저희 모두는 언제든 목숨을 바칠 준비가 되어 있어요."

"야, 너. 그거 우리 들으라고 하는 말이지?"

"네?"

헨리에타가 밀리아의 입을 손으로 틀어막았다.

"얘가 하는 말은 그냥 무시하세요."

"네? 아, 네."

"정말로 무시하려 하지 마!"

손을 떼어낸 밀리아가 빽 소리쳤다. 팔짱을 끼고서 가만히 있던 문수아가 고개를 휘휘 저었다.

"에휴, 정말 수준 떨어져서 같이 못 있겠네."

"너! 자기는 이번에 활약하지도 못한 주제에!"

"누구처럼 앞장서서 나대지 않았을 뿐이야. 내 위치에서 해야 할 일은 알아서 잘 했거든?"

"거, 조용히 좀 합시다! 서울이랑 외국 여편네들 조동아리 한번 요란하구만!"

"김계진 길드장님! 지금 그거 성차별에 지역 차별 발언인 거 아시죠? 거기에 국가 차별까지 추가로요!"

"조용히 안 하니 내사 이러는 거 아니오?"

쾅!

갑작스러운 굉음에 시장 바닥 같던 분위기가 착 가라앉았다.

"……."

"……."

아직까지도 부르르 떨리는 원탁 끝, 주먹을 내려찍은 김성렬이 날카로운 눈으로 좌중을 돌아봤다.

"회의를 하겠다는 건가, 말겠다는 건가?"

"아니, 그……."

"죄송……."

역전의 베테랑들도 말을 어물거릴 수밖에 없었다. 그만큼 경력 30년의 노장이 보이는 카리스마는 상당했다.

"일단은 제 설명부터 들어주시기 바랍니다."

겨우 분위기가 진정되자 권창수가 말을 꺼냈다.

"밀리아 님과 그렉 님이 지적하신 부분부터 답변해 드리죠. 저희도 마음 같아선 전 병력을 적시운 님의 수색에 할애하고 싶습니다. 다만 그럴 수 없는 이유가 있습니다."

"그게 뭐죠?"

"그건 제가 대답해 드리죠."

임성욱이 자리에서 일어났다.

"신북경 전투가 종결되던 시점에, 일본 정부 측에서 부산시에 군사 지원을 요청해 왔습니다."

"그 잡놈들이요?"

반사적으로 말을 뱉은 소피가 아차 하여 손으로 입을 가렸다. 한국인들은 의외라는 표정을 하면서도 그녀를 나무라지 않았고, 철저한 외국인인 헨리에타 일행만이 어리둥절한 표정을 지었다.

"보아하니 일본이란 국가에 그리 호의적이진 않은 모양이군."

"그렇습니다, 그렉 님. 역사적으로도 적잖은 악연이 있지만…… 무엇보다도 채 10년도 되지 않은 사건으로 인한 감정의 골이 깊지요."

"센다이 사태 말이로군."

"알고 계시는군요?"

"대략 조사를 해봤으니까."

미야기현의 중심 도시인 센다이시에서 발생한 아시아 최대의 마수 공습 사태.

당시 나타나 마수의 숫자는 물경 1만. S급 마수 3마리와 SS급 마수 한 마리를 포함하는, 실로 어마어마한 수치였다.

일본뿐만 아니라 중국과 한국까지도 기겁하게 만든 공습에 동아시아의 모든 국가가 연합을 맺어 맞섰다. 일본이 붕괴되면 다음은 자기들이라는 위기의식이 목을 조였던 까닭.

"결과만 보자면 마수들의 공습은 성공적이었다. 센다이시를 기준으로 한 동쪽. 일본 열도의 절반을 침몰시키고 말았으니."

"예, 그 과정에서 우리 한국인들의 피해도 극심했지요."

"최정예 전투원인 S랭크 요원 셋을 비롯해 수많은 이가 죽었다고 들었다. 하지만 그건 일본을 증오할 이유가 되진 않지. 그들을 죽인 건 일본인이 아닌 마수들이니까."

"그렇긴 합니다만, 사람의 마음이란 게 그렇게 논리적으로만 흘러가진 않더군요."

"어쨌든 그 일본이 또다시 지원을 청해왔다는 거죠?"

헨리에타가 주의를 환기시켰다. 권창수는 그녀에게 감사의 눈빛을 보내고서 말을 이었다.

"예, 게다가 그때와 마찬가지로, 일본이란 보루가 무너진 다음은 우리 차례가 될 가능성이 높습니다."

"마수 공습의 징조가 나타난 건가요?"

"그렇습니다."

권창수가 진지한 눈으로 좌중을 돌아봤다.

"일본 열도를 침몰시켰던 마수들이, 다시 움직이기 시작했습니다."

"……아."

미약한 신음을 내뱉고 나서야 그게 자신의 목소리임을 깨달았다.

눈을 번쩍 뜬 차수정이 상체를 일으켰다. 깊은 잠에서 갓 깬 것처럼 시야가 흐릿했다. 주변을 더듬던 그녀가 돌연 목소리를 흘렸다.

"선…… 배?"

희미한 기척이 느껴졌다. 몸이 쇠약해진 탓인지 불명확한 느낌이었지만.

"선배? 그곳에 계세요?"

잠시 후 대답이 돌아왔다. 너무나 익숙한, 그러나 동시에 낯선 목소리가.

"본좌는 적시운이 아니다."

2

"……?"

차수정은 당혹감에 입술을 달싹거렸다. 가장 먼저 떠오른 생각은 무백이었다.

문자 그대로 최악의 상황. 적시운을 쓰러뜨린 무백이 그녀만 살려놓았을 수도 있겠다 싶었다.

그러나 들려온 음성은 결단코 무백이 아니었다. 사실 목소리 자체만 보자면 의심하고 자시고 할 것도 없었다. 다시 떠올려 봐도 그건 분명 적시운의 음성이었으니까. 그런데도 저어하게 되는 이유는 이질감 때문이었다.

"선배? 적시운 선배 맞나요?"

"본좌는 적시운이 아니라니깐."

짜증 섞인 음성이 돌아왔다. 적시운의 목소리가 분명했다.

여전히 이질적이기도 했고. 그 이유가 뭘까 생각하던 차수정은 발음과 어조 때문이라고 결론을 내렸다.

마치 외국인이 어설프게 한국어를 따라 하는 듯한 말투. 통역 장치 없이 헨리에타 일행과 대화하는 느낌이었다.

'대체 무슨 일이 일어난 거지?'

차수정으로선 도저히 알 수 없는 일. 여하간 사실 확인을 위해선 두 눈으로 직접 확인하는 것이 가장 확실할 터였다.

"……윽."

몸을 일으키려던 차수정이 미약한 신음을 뱉었다.

"날뛰지 말고 가만히 있거라, 어린 계집아이야. 부상이 심하다."

묵직한 손길이 그녀의 가슴에 닿았다. 그게 적시운의 손길임을 깨달은 차수정이 얼굴을 붉혔다.

시야는 어느 정도 회복된 뒤. 사방이 그늘진 가운데 어렴풋하게나마 적시운의 얼굴이 보였다. 자신을 내려다보는 눈길이 어딘지 모르게 평소보다 깊고 날카로운 듯했다.

"여기가…… 어디죠?"

"사막. 너희 나라에선 고비 사막이라고 부르는 것 같더군."

"말투가…… 묘하네요. 마치 선배가 아닌 것처럼요."

"말하지 않았더냐. 본좌는 적시운이 아니라고."

오싹.

뒤늦게 뇌리로 파고드는 가능성 하나. 차수정의 등허리를 타고 소름이 돋았다.

만약 모종의 술법 같은 게 펼쳐졌다면? 그로 인해 무백이 적시운의 육체를 차지하게 된 거라면……?

"그럼 당신은 대체 누구지?"

자연히 날카로워지는 어조. 적시운의 모습을 한 자는 대번에 그녀의 생각을 간파했다.

"본좌가 그 무백인지 뭔지 하는 잡놈일 거라 생각하나 보군. 놈이 적시운의 육체를 차지했을 거라고 생각하나?"

"그럼 아니란 말이야?"

"본좌를 그깟 백도 나부랭이와 비교하지 마라, 미숙한 계집."

"……무백도 아니고 선배도 아니라면, 당신은 대체 누구죠?"

사내가 손을 뻗었다. 흠칫 놀란 차수정이 피하려 했으나 몸이 말을 듣지 않았다. 변변한 저항조차 못 하는 그녀의 이마에 사내의 손바닥이 얹혔다.

"……!"

"열은 내린 모양이군. 신열(身熱) 때문에 잘못 알아들을 일은 없겠어."

"네?"

"한 번만 설명할 테니 잘 들어라."

사내가 엄숙한 어조로 말했다.

"본좌는 적시운의 스승이자 길잡이이며, 동지이자 우상이다. 적시운에게 패업의 천랑성(天狼星)을 선사한 자이자, 패도의 운명을 맡긴 자이기도 하지."

적시운의 모습을 지닌 사내는 수백 년을 거슬러 온 음성으로 말했다.

"무림 유일존이자 고금제일인, 본좌가 바로 천마다."

콰콰콰콰콰!

불길에 휩싸인 채 폭주하는 삭월.

고도는 이미 오래전에 성층권을 넘어섰고 방향은 고정되지 않은 채였다. 기체의 균형도 오래전에 상실한지라 나선을 그리며 어지러이 회전하고 있었다.

극한까지 치닫는 혼돈. 그 내부에선 두 마리의 폭룡이 날뛰고 있었다.

"크아아아!"

금빛 광룡을 두른 이는 무백이었다. 황룡성의 이름을 여기서 따온 게 아닐까 싶은 모습. 단순히 빛을 발하는 걸 넘어 광룡 자체가 되어버린 무백은 주변의 모든 것을 찢어발기고 있었다.

그에 맞서는 흑룡은 적시운. 무백에 맞서기 위해 육체의 한계를 초월한 탓에 오른팔은 완전히 붕괴되어 흑색 검강을 쏟아내고 있었다.

육체도 정신도 초월해 버린 두 존재. 무아지경에 빠진 채 싸우는 둘로 인해 삭월의 선체는 이제 남아나지 않을 지경이었다.

"으윽!"

차수정은 그 혼돈 속에서 간신히 몸을 가누고 있었다. 강기의 폭풍우에서 벗어난 지점이었으나 몰아치는 파편과 불꽃의 회오리는 여전히 매서웠다.

그것을 설하유운공의 호신강기로 간신히 버티는 수준. 그녀의 무재가 빼어나지 않았다면 오래전에 갈가리 찢겨 나갔을 것이다.

종극으로 치닫는 전투.

먼저 무너지기 시작한 쪽은 무백이었다. 혈청의 완성도와 반인반마의 불안정성을 감안하면 무척이나 오래 버틴 셈이었다.

"노부는 죽지 않는다! 노부는…… 결단코……!"

"이제 그만 좀 뒈져!"

콰득!

흑룡강기가 무백의 심장부를 관통했다. 코어가 파괴되진 않았지만 육체와의 동조율이 급감했다. 안 그래도 불안정하던 육체가 다시금 점액질화되었다.

"크에에에엑!"

뙤약볕 아래 이슬처럼 스러지기 시작하는 무백. 최후의 발악이라는 듯 섬유질 줄기들이 뻗쳐 나와선 적시운을 휘감았다.

"시운 선배!"

차수정이 다가가려 했으나 바로 옆에서 폭발이 발생, 도리어 그녀가 위험에 처했다.

"쳇!"

적시운은 염동력을 펼쳐 차수정의 주위에 배리어를 쳤다. 동시에 내공을 격발해 몸을 휘감은 섬유질을 분쇄했다. 그러나 무백도 악착같이 힘을 쏟아가며 버텼다.

"홀로 죽진 않겠다. 네놈이라도 저승길 동무로……!"

쿠구구구!

삭월의 선체가 갈가리 흩어지기 시작했다. 그러나 순천자가 마지막까지 손을 쓴 덕택에 이온 저장고가 폭발하는 일은 벌어지지 않았다.

걸레짝이 된 삭월은 중국 대륙의 북단에 추락했다. 고비 사막 한가운데였다.

"어…… 음……:"

차수정이 미묘한 침음을 흘렸다. 누운 채로 시선을 어디 둘 줄 몰라 하는 그녀를 보며 천마는 턱을 쓰다듬었다.

"하긴 충격적일 만도 하겠군. 전설로만 전해져 온 존재와 난데없이 대면하게 되었으니 말이야."

"저…… 선배?"

"선배가 아니라 천마라고 했다, 소녀여."

"대체 무슨 말씀을 하시는 거예요?"

"무슨 말씀이냐니."

다시 한번 설명해야 하나 고민하는 천마. 그런 그를 차수정은 걱정 가득한 눈으로 올려다보고 있었다.

'뭔가 정신적으로 문제가 생긴 게 분명해. 추락할 때 머리를 세게 부딪쳤다거나……'

그 눈빛이 의미하는 바를 읽어낸 천마가 혀를 찼다.

"알겠다. 너는 본좌가 지금 제정신이 아닐 거라 생각 중인 모양이로군. 그렇지 않은가?"

"솔직하게 대답해도 돼요, 선배?"

"선배가 아니라 천마라고 했다."

"좋아요, 천마…… 님. 이러면 되나요?"

"엎드려 절 받는 꼴이로군."

천마는 나직이 한숨을 내쉬었다.

"그렇게 부르도록 해라."

"우선 좀 물을게요. 천마라는 게 뭐죠?"

천마의 눈이 휘둥그레졌다.

"천마라는 게 뭐냐니. 너는 무림의 역사에 대해서도 모른단 말이냐?"

"예? 아, 네. 저는 그런 쪽 취향은 아니라서요."

"취향이라니?"

"저는 무협 소설이나 영화는 거의 본 적이 없어요."

출발선을 넘자마자 거대한 벽에 막힌 기분. 뭐라 설명해야 할까 고민하던 천마는 그냥 간략하게 가기로 했다.

"천마신교는 천무맹과 수백 년 동안 적대해 온 원적(怨敵)이다. 불구대천의 원수라 표현해도 손색이 없겠지. 그리고 본좌는 그 천마신교의 교주다. 이해가 가느냐?"

"네. ……아마도요."

"……넌 적시운이 말하던 것만큼 똑똑한 편은 아니로구나."

"선배가 제 얘기를 한 적이 있어요?"

"자주 한다, 아마도."

미심쩍은 눈으로 천마를 올려다보던 차수정이 낮게 탄성을 뱉었다.

"망령!"

"흠?"

"부산에 갔을 때 선배한테서 들었어요. 당신이 바로 그 망령 이군요?"

"어리석은 것! 본좌를 망령 따위로 치부하려는 게냐?"

"하지만 적시운 선배가 먼저 그렇게 불렀는걸요?"

기죽지 않고서 대꾸하는 차수정. 천마는 어처구니가 없다는 얼굴로 그녀를 바라보다가 헛웃음을 지었다.

"당돌한 계집이로구나."

"선배는 대체 어떻게 된 거죠?"

"그렇게 알고 싶으냐?"

"그야…… 당연한 거잖아요."

"듣고 나면 죄책감이 들 텐데."

"……!"

움찔한 차수정이 이내 풀죽은 표정을 지었다.

"저 때문이군요."

"네 잘못이라고 할 정도까진 아니지. 영향이 없지는 않았지만."

"무백은 죽었나요?"

"소멸했다, 깔끔하게."

천마가 무언가를 두 손가락으로 집어 보였다.

흑요석을 닮은 달걀 크기의 보옥. 무백의 아포칼립틱 코어였다.

"대체 무슨 일이 있었던 거죠?"

"무백과 싸우는 과정에서 적시운은 한계까지 몰렸다. 육체뿐 아니라 정신적인 면에서도 말이다. 최후의 순간에 결국 그

압박이 임계점을 넘어서고 말았지."

"그러면……."

"피로가 극한에 달하면 사람은 죽거나 졸도하게 되지. 그와 비슷하다고 보면 된다. 적시운의 의식이 완전히 잠들면서 그 이면에 있던 본좌가 튀어나오게 된 거지."

"선배……."

차수정은 지그시 입술을 깨물었다. 투명한 눈물이 볼을 타고 흘러내렸다.

"선배는…… 그 와중에도 저를 구하느라 염동력까지 사용하셨어요."

"그랬지."

"그러느라 선배의 부담이 가중됐겠죠?"

"어느 정도는."

"제가 또 바보 같은 짓을 했군요."

흐느끼려는 듯 일그러지는 차수정의 얼굴을 보며 천마가 꾸짖듯 말했다.

"징징대지 마라. 본좌는 누가 질질 짜는 것을 질색한다."

"하지만……."

"너는 잘못하지 않았다. 오히려 잘했다고 할 수 있지. 그러니 울지 마라."

딱 잘라 말하는 천마. 차수정은 의아함에 흐느낌을 잠시 멈쳤다.

"그게 무슨 뜻이죠?"

"네 덕분에 본좌가 이 몸을 얻었잖느냐. 그러니 잘했다고 치하하는 것이다."

"지금 사람 놀리는 거예요?"

"본좌는 허언을 뱉지 않는다."

"잠깐만요. 그러니까 지금, 시운 선배의 몸을 그대로 빼앗겠다는 거예요?"

"가능하다면."

차수정의 얼굴이 딱딱하게 굳은 가운데 천마는 담담한 어조로 말을 이었다.

"적시운이 깨어나게 된다면 모르겠지만, 그러지 않을 가능성도 없지는 않지."

"……!"

"걱정은 마라. 의도적으로 잠든 의식을 지울 방법은 없으니. 하나 적시운이 깨어나지 않는다면 그에게 맡겼던 패업을 본좌가 다시 이어가는 수밖에."

"패업…… 이라니요?"

"천무맹은 멸망했다. 하지만 수수께끼가 모두 풀린 것은 아니지. 이 모든 사태의 근원 역시 안갯속에 있고."

마수들, 북미 제국, 그리고 황제. 천마는 진지한 얼굴로 입을 열었다.

"무백과 순천자의 말에 의하면 또 하나의 본좌가 이 세계에 남아 있다. 그리고 차원의 문을 넘어 마수들을 이 세상에 불러들였지."

"북미 제국의 황제……."

고개를 끄덕인 천마가 말했다.

"놈이 이 세계의 본좌인지는 아직 알지 못한다. 그렇기 때문에라도 만나서 확인해야겠지. 정녕 천마신교의 종주가 대양을 넘어가 서방의 황제가 되었는지 말이다."

"만약 황제가 또 다른 당신이라면…… 뭘 어떻게 할 생각이죠?"

"놈이 뜻하는 바와 방식이 옳다면 협력할 것이다. 하지만 그렇지 않다면."

우우웅.

무백의 코어가 천마의 감정에 반응하여 은은하게 공명했다.

"쳐 죽여 없앨 따름이다."

to be continued

Wish Books

귀뿔도 없는 회귀

목마 퓨전판타지 장편소설

불친절하기 짝이 없는 이세계 '에리아'.
그곳에 소환된 '이성민'.

13년의 생활 끝에 죽음을 맞이한 그에게
또 한 번의 기회가 주어졌다.

재능이 없다.
그러나 그에겐 13년의 기억이 있다.

우연처럼 엮인 필연이, 그리고 목적이
그를 앞으로, 더 높은 곳으로 나아가게 한다.

이성민은 무엇을 바라였는가.
무엇이 되고 싶었는가.

"나는 다시 살아가 보고 싶다.
전생보다 나은 삶을."

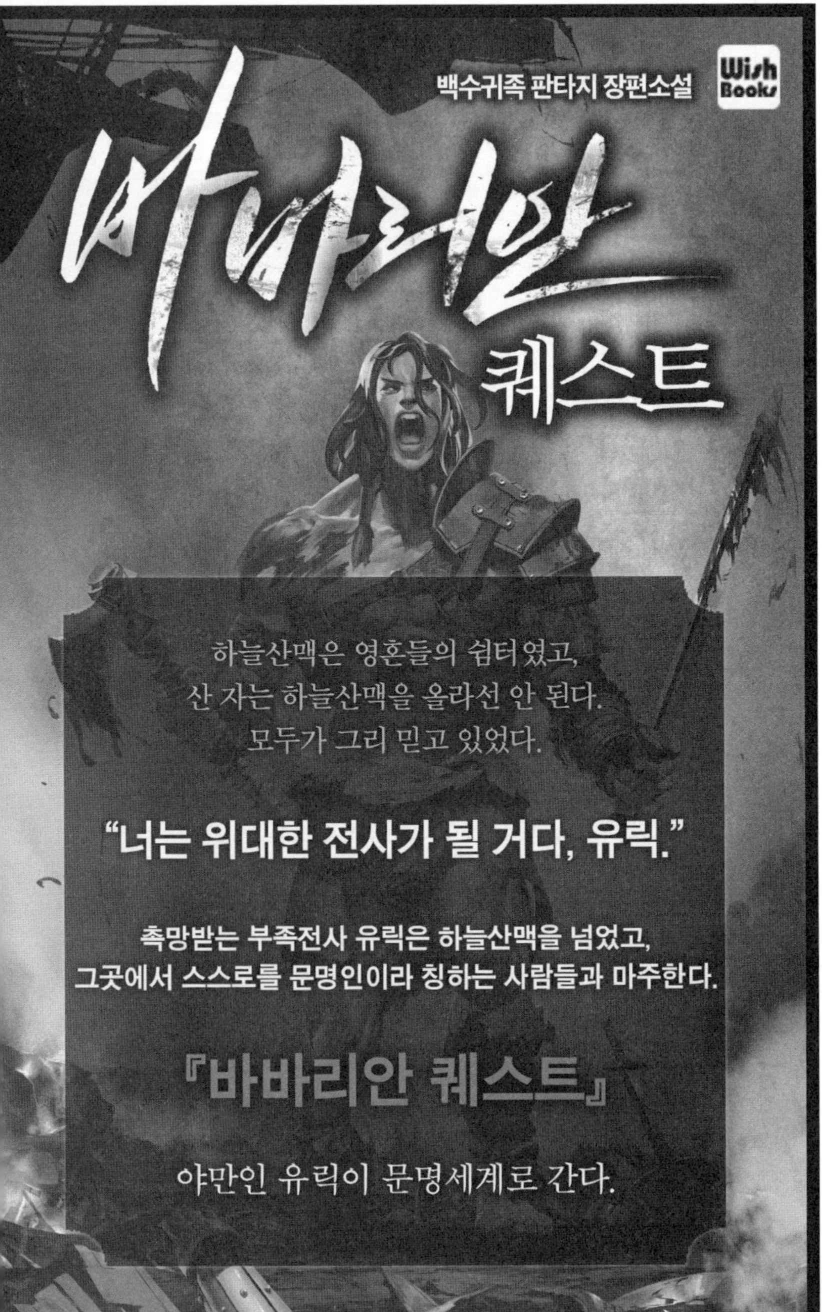
백수귀족 판타지 장편소설
Wish Books
바바리안
퀘스트
하늘산맥은 영혼들의 쉼터였고,
산 자는 하늘산맥을 올라선 안 된다.
모두가 그리 믿고 있었다.
"너는 위대한 전사가 될 거다, 유릭."
촉망받는 부족전사 유릭은 하늘산맥을 넘었고,
그곳에서 스스로를 문명인이라 칭하는 사람들과 마주한다.
『바바리안 퀘스트』
야만인 유릭이 문명세계로 간다.

스켈레톤 마스터

WISHBOOKS GAME FANTASY STORY
더페이서 게임 판타지 장편소설

오직 힘으로 지배되는 세상 일루전!

"스켈레톤 소환."

└ 미친…….
└ 저거 스켈레톤 맞아요?
└ 뭐가 저렇게 세?

수백이 넘는 소환수를 지휘하는 자,
극악의 난이도를 자랑하는 직업 조폭 네크로맨서!
8년 전으로 회귀한 강무혁의 도전이 시작된다.

「스켈레톤 마스터」

"나는 이곳에서 강자가 되겠다!"

강화학개론

빈형 게임 판타지 장편소설

[+15 초보자용 하급 단검 강화를
성공했습니다!]

사고와 함께 찾아온 특별한 능력.
남들이 메인 시나리오 퀘스트를 쫓을 때
한시민은 강화 명당을 찾는다!
가상현실 게임 '판타스틱 월드'에서의 강화를 위한 모험!

"아, 빌어먹을. 9강부터 이 X랄이네."

그 유쾌하고 통쾌한 이야기가 시작된다!

비츄 게임 판타지 장편소설

가상현실 게임 올림푸스에 드디어 입성했다.
그런데…… 납치라고!?

강제로 시작된 20년간의 지옥 같은 수련 끝에
마침내 레벨 99가 되었다.
그렇게 자유를 만끽하려던 순간.

정상적인 경로를 통한 레벨 업이 아닙니다.
시스템 오류로 레벨이 초기화됐다.

"이게 무슨 개 같은 소리야!!"

그런데, 스탯은 그대로다?!
게다가 SSS급 퀘스트까지!

**한주혁의 플레이어 생활은
이제부터가 시작이다!**